예순 살,

나는 또

깨꽃이 되어

예순 살, 나는 또 깨꽃이 되어

이순자 유고 산문집

어머니의 유고집을 펴내며

"우리 엄마 정말 곱다. 엄마, 고생했어. 장하다. 정말 애썼어요."

깊은 잠에 폭 빠진 어린아이와 같던 어머니의 마지막 얼굴이 기억납니다. 어머니의 죽음을 앞에 둔 제 마음 깊은 곳에서 뜨거운 무언가가 올라왔지요. 하지만 어머니의 그 평안한 표정이 저를 다독여주었습니다. 슬픔을 느끼기도 전에 위로를 받았고, 당황스러움보다 다행스러움이 앞서 마음을 채웠습니다. 저도 모르게 '감사합니다'를 자꾸 되뇌었습니다. 자식에게 호상이란 있을 수 없지만, 남은 이들의 손에 조금의 수고도, 애태우는 시간도 안겨주지 않으려던 어머니께서 당신의 죽음을 얼마나 감사해할지 알았기 때문입니다. 무엇보다 두 번째 심장판막 수술을 앞두고 예정되어 있던 많은 고통으로부터 감히 생각지 못한 방식으로 자유로워지셨기에 마음이 놓였습니다. 어머니의 삶은 한 인간으로서, 여성으로서 너무나 고단했습니다. 그러나 그 생의 끝에 어린 평온함은 마치 치열한 삶에 대한 상인 듯 느껴져 진심으로 감사했습니다.

장례 때 쓸 사진을 찾다가 생전에 어머니가 준비해둔 심폐소생술과 연명치료 거부 의사 증서를 발견했습니다. 시신기증처와 자녀들의 연락처를 밝힌 종이 하단에는 "사람들 번거롭게 오가는 일 없길 바랍니다"라는 단 한 줄이 쓰여 있었지요. 그 바람과 달리, 많은 분들께서 어머니 마지막 가는 길을 배웅하러 찾아오셨습니다. 어머니와의 추억을 도란도란 나누고, 서로를 위로하며, 깊이 애도했습니다. 그분들 기억 속의 어머니는 유쾌하고 긍정적인 분이셨으며, 당신이 더 가난하면서도 어려운 이웃을 찾아 살피는 이였지요. 어느새 장례식장은 웃음이 결례가 되지 않는 곳, 슬픔이나 무거움이 앉을 새 없이 따뜻한 마음이 오가는 동네 사랑방이 되었습니다. 진심 가득한 위로와 애도 덕분에 어머니를 추억하며 보내드릴 수 있었어요.

장례를 치른 지 몇 달이 지난 어느 날, 출판사와 언론사에서 연락이 쏟아졌습니다. 돌아가시기 한 달 전 매일신문 시니어문학상 논픽션 부문에 당선된 〈실버 취준생 분투기〉가 뒤늦게 SNS와 여러 커뮤니티에서 화제가 된 모양이었습니다. 어머니는 크고 작은 문학상을 타며 창작의 결실을 얻고, 시나리오 작업으로 더 큰 꿈을 꾸고 계시던 때에 돌아가셨습니다. 살아 계셨다면 〈실버 취준생 분투기〉를 향한 독자들의 관심에 가슴 벅차셨을 겁니다. 하지만 유가족으로서 갑작스럽게 몰아치는 대중의 주목이 두려웠습니다. 어머니의 삶을 담은 이야기가 자칫 조각조각 자극적으로 편집되고 왜곡될까 봐, 누군가의 필요에 따라 이용될까 봐 조심스러운 마음이 컸지요. 책 출간을 염원하셨지만, 당신 손으로 마무리하지 못한 글이기에 '어머니가 이 글을 출판하기를 원하셨을까?' 고민하고 또 고민했습니다.

유고집 출간을 결정한 데에는 〈실버 취준생 분투기〉에 달린 수많은 댓글의 힘이 컸습니다. 독자들은 힘든 삶에도 어머니가 지켜낸 곧은 심성과 따뜻한 시선, 특유의 위트와 희망을 읽어내주셨습니다. 또한 어머니의 글을 통해 자신의 삶을 돌아보고, 이웃에게 시선을 돌리며, '삶'과 '사람'에 대해 다시 한 번 곱씹을 수 있었다며 진심 어린 추모를 전해주셨습니다. 일흔의 나이에 작가로서 꾸는 꿈 또한 응원해주셨지요. 청각장애로 늘 타인과의 소통을 갈망하셨던 어머니께서 진정 원하던 대화가 이 한 편의 글을 통해 이루어지고 있었습니다.

어머니 글의 힘은 솔직함과 사랑에서 오는 듯합니다. 어머니는 결핍을 숨기거나 부끄러워하지 않았고, 가난했으나 사랑을 품는 것을 두려워하지 않았습니다. 자기 마음에 누구보다 솔직했기에 눈치를 보거나 세상의 굴레에 갇히지 않았지요. 당신의 경험과 생각, 때로는 소박하지만 당신에게는 절실한 것조차 타인에게 나누어주는 일에 거침이 없었습니다. 사회적으로나 경제적으로나 가장 소외된 자였으나, 단순함과 따스함으로 세상의 견고한 아성을 비틀고 그 위에서 자유로이 뛰놀았지요.

어머니에게는 어린아이와 같은 천진함으로 주변 사람들의 긴장을 녹이는 특별한 재주가 있었습니다. 그래서인지 사람들은 마음 깊이 감춰놓은 삶의 이야기를 어머니 앞에서만큼은 풀어놓곤 했습니다. 잘 듣지 못하시는데도 말이지요. 장애는 마음을 나누고 관계를 맺는 데에 아무런 걸림돌이 되지 않았고, 어머니는 이를 삶으로 보여주셨습니다. 덕분에 저는 배울 수 있었습니다, 고통과 한계는 흔히 한 존재에 깊은 상처를 남기지만, 이를 용기 있게 마주하는 사람은 자기 안에 상처마저 잘 녹이고 곰삭혀 사랑으로 내놓는다는 삶의 진실을요.

사랑받지 못했기에 더 사랑할 줄 알았던, 가지지 못했기에 더 채워줄 줄 알았던 이 작은 이의 이야기가 누군가의 외롭고 허기진 마음을 위로하리라 믿습니다. 저는 그 위로를 가장 먼저, 크게 받았습니다. 제가 받은 마음을 더해 어머니의 유고집을 조심스레 세상에 내놓습니다. 독자들이 이 책으로 하여금 자신의 약함을 만나 보듬고, 고단한 삶에서도 품위 있게 자신을 지켜내며, 팍팍한 세상에 따뜻한 공기를 불어넣을 수 있게 되기를 소망합니다. 또한 일흔을 '이른' 나이로 여기며 지금껏 이룬 것보다 앞으로 나아갈 길을 행복하게 꿈꾸셨던 어머니의 희망이 독자의 마음에 새로운 불을 일으키기를 기도합니다.

어머니가 노트북에 남기신 수많은 원고를 정리하며 어머니의 글을 여러 번 다시 읽었습니다. 이를 통해 문장 안에 살아 계신 어머니를 다시 마주할 수 있었습니다. 작품 속 어머니는 누군가의 어머니가 아닌 작가 이순자로서 서 계셨습니다. 많은 분이 어머니의 글을 소중하게 여겨주신 덕분에 제게 참 귀한 시간이 허락되었습니다. 진심으로 감사드립니다. 마지막으로 작가의 부재를 열정과 성실함으로 채워 책으로 빚어 주신 휴머니스트 편집부, 끝까지 글을 붙잡고 어머니의 심중을 헤아려주신 어머니의 도반 박홍선 님과 한정수 님, 그리고 늦깎이 문학도의 삶과 꿈을 한결같이 존중하고 응원해주신 어머니의 영원한 스승 이문재 시인께 깊이 감사드립니다.

2022. 5. 2.

故 이순자 작가의 딸 드림.

차례

일러두기

- 이 책은 작가 사후 유가족과 협의를 거쳐 출간하는 유고 산문집으로, 작가가 생전에 집필하고 정리한 원고를 저본으로 삼아 편집하였습니다.
- 작가 사후 출간이 결정되어 편집 과정에서 개고가 불가한 바, 상세한 설명이 필요한 부분에는 독자의 이해를 돕기 위해 편집자주를 달았습니다.
- 4부에 실린 〈돌봄〉은 실화를 바탕으로 창작한 소설입니다.

1부

결핍이 사랑이 될 때

은행나무 그루터기에 깨꽃 피었네

예순을 바라보는 나이에 시골 생활을 해보겠다고 강원도 평창에 열 평짜리 무허가 집을 샀다. 50년이 넘은 고옥은 기우뚱하게 서서 지나가는 바람에도 흙가루를 날렸다. 버려진 건축자재로 얼기설기 지어둔 터였다. 안방 벽을 뚫어 세탁기 배수 호스의 길을 냈고, 현관문인지 방문인지 모를 유리문에는 귀 떨어진 쇠고리에 놋수저가 꽂혀 있었다. 뒤란으로 통하는 문짝은 창호지가 반쯤 찢겨 펄럭였다. 벽지에는 까만 곰팡이가 넓게 폈고, 사방에서 퀴퀴한 냄새가 진동했다. 불룩 내려앉은 천장을 쇠꼬챙이로 찌르니 고여 있던 빗물이 와르르 쏟아졌다. 안마당 헛간에 붙어 있는 화장실은 낡은 가마니로 둘러싸 벽을 세운 탓에 안이 훤히 들여다보였다. 그래도 앞마당과 뒤란이 제법 넓었다. 집 앞이 탁 트여 전망이 좋았다. 이건 공짜다. 이 산수화 같은 전망을 보고 집을 계약했다.

집 외벽에 스펀지로 된 패널을 두르고 지붕 위에 새 기와를 얹었다. 현관문도 새로 달았다. 거실 창을 넓게 내어 풍경을 집 안으로 들였다. 웅장한 삼각산에는 하얀 눈을 뒤집어쓴 소나무와 상수리나무, 굴참나무가 만든 능선이 병풍처럼 둘러쳐져 있었다. 그 아래 평창강은 옥가루를 풀어놓은 듯 푸르렀다. 길기만 하고 좁은 안방은 벽을 헐어 넓히고 거실 끝쪽에 화장실을 만들었다. 거실이 좁아졌지만, 안방과 화장실 문제가 해결되었다. 집이 좁으니 벽과 천장은 흰 벽지로 도배하고 화장실 벽면에는 시트지로 포인트를 주었다. 화장실 문과 주방 창에 비즈공예로 짧은 커튼을 만들어 달았더니 공주 집 같았다.

집값의 세 배나 되는 돈을 들여 겨우 집 꼴을 갖추고 나서야 이사를 했다. 이 또한 시골 인심인지, 집 구경한다고 동네 어르신들이 좁은 거실을 가득 채웠다. 이삿짐 풀다 말고 쟁반에 떡과 물김치를 내어놓았다. 짐 푸는 일보다 할머니들 궁금증을 풀어드리는 일이 더 급했다. 시골은 역시 듣던 대로 할머니들이 많았다. 떡 한 덩어리씩 들려드리고 나서야 이삿짐을 풀 수 있었다.

4월에도 눈이 펑펑 쏟아지는 평창의 바람 소리에 귀가 먹먹했다. 그 눈보라에도 산나물이 뒷마당 구석구석 돋아났다. 돌아가신 집주인 할머니가 산에서 옮겨 심었다고 한다. 참나물을 선두로 민들레, 명이나물, 곰취, 곤드레, 더덕이 순을 쳤다. 도랑엔 미나리가 연두색 고개를 내밀었다.

뒷집에는 아흔을 넘긴 노부부가 살고 있다. 이사하자마자 먼저 인사를 드렸다. 담장이 없는 뒤꼍을 통해 할머니, 할아버지 집을 내 집처럼 드나들었다. 그런 지 반 년쯤 됐을까. 서울 이곳저곳에서 볼일을 보느라 엿새 만에 귀가한 집. 강아지 두 마리가 싸놓은 똥을 치우고 청소에 빨래까지 하고 나니 훌쩍 저녁이 되었다. 그동안 쌓인 피로로 설핏 잠들었나 보다. 강아지들이 짖어대 나가보니 뒷집 할머니가 눈을 곱게 흘기며 서 있었다. 반가운 마음에 덥석 끌어안고 흔들자 할머니 눈가가 어느새 촉촉했다.

"어데 갔다 이래 오래 있었누? 니 팔랑대며 드나들지를 않으니 밥맛이 다 없어지드라. 할아버이 밥 잡수라고 부르러 가다가 보니 니 신발이 있길래 왔제."

며칠이나 살고 가려나 하시더니 할머니는 벌써 마음에 내가 앉을 의자 하나 놓으셨나 보다. 할아버지도 뼈마디 쑤셔

밤마다 오가는 산책길에 앞집 새댁 없어 쓸쓸해하셨단다. 그 말씀에 마당에 긴 의자 내어놓고 할아버지를 기다렸다. 할아버지는 나를 보더니 벌쭉 웃어주고 집으로 들어가셨다. 반갑다는 한마디 말도 없이.

할아버지, 할머니 집 근처에는 은행나무 부부가 살고 있다. 30년 전 식목일에 은행나무 100그루를 가져다 동네 이 집 저 집에 나누어주고 집 앞에 암수 한 쌍을 심었단다. 잘 자란 수나무는 집 앞을 가로막았다. 드나들기 어려워 나무를 베었는데 그 밑동이 어른 한아름이다. 저녁을 먹고 슬슬 마을이나 돌아볼까 하고 나오는데 할머니가 부르셨다.

"얘야, 이거 봐라. 깨가 지절로 피었다."

매일 지나다니면서도 보지 못했는데 어디서 날아들었는지 나이테 중앙에 들깨꽃이 피었다.

"이게 똑 너 닮지 않든? 어디서 날아왔는지 몰라도 조금 있으면 깨 송이 영글 텐디, 영글어 너처럼 고수불 텐디. 니도 고순 냄새 풍기고 가버릴 거지? 진정으로 말해보거래이."

이사 온 지 겨우 반년인데 나한테 벌써 저리도 깊은 정을 품었나 싶어 가슴이 찡했다.

"니 나 죽을 때까지 여그 살어라, 살어라, 살어라, 알았제?"

'살어라'를 반복하는 할머니에게 나는 아무 말도 하지 못하고 할머니 볼에 뽀뽀 폭죽을 터트렸다. 자녀들이 많지만 다 타지에 나가 살고 있었다. 아흔이 넘은 두 분이 소꿉장난하는 것처럼 예쁘게 사시면서도 얼마나 적적하시면 저러실까. 홀로 이사 온 나도 외로운지라 시도 때도 없이 드나들었더니 그동안 담뿍 정들었나 보다. 은행알이 영글다 말고 떨어지는 걸 보고 할머니가 물었다.

"저거이 똑 우리야. 시들시들 곧 죽을 거 같으이, 안 그냐?"

우리 옆에서 고개 끄덕이던 할아버지도 '여그서 아주 살 거냐'고 물으셨다.

"죽을 때까지 살려고 왔는데, 저 가라면 지금 갈까요?"

내가 엉덩이를 드는 척하자, 할머니는 서둘러 말씀하셨다.

"오래오래 같이 살구파 그러지. 진정으로 말해봐. 정 주고 가지 말구. 진정으로. 여그서 같이 살어라, 살어라, 살어라. 가려면 지금 아주 가뻐리등가."

같이 밥 먹기를 좋아해서 자주 신세를 지는 내가 '젊은 게 얻어먹기만 해 죄송하다'고 하면 할머니는 '늙은이들하고 밥 먹어주는 게 고맙다'고 하신다. 그러고는 '냄새 안 나냐'고 묻곤 하셨다.

"아유, 이거 무슨 냄새야? 엄마 냄새."

할머니를 끌어안고 코를 킁킁거리며 머리 허연 내가 재롱을 떨곤 했다. 그렇게 1년쯤 살다 지병인 심장 통증으로 구급차에 실려 서울로 올라왔다. 한참 뒤 걸려온 전화 한 통.

"고순 냄새 풍기고 가삐리드니, 이제 여그 다 잊은 거가?"

할머니는 할머니대로, 청각장애가 있는 나는 나대로, 안 들리는 귀로 통화하며 각자 할 말만 소리소리 질렀다. 어쨌든 서로 건강하라는 말을 나누고 전화를 끊었다. 그래도 원망 섞인 할머니 목소리가 귓속에 맴돌아 한달음에 평창으로 달려갔다. 내 집 놔두고 할머니 집으로 간 나는 할머니와 한 이불 덮고 아랫목에서 자고, 할아버지는 윗목에서 혼자 주무셨다. 왁자한 밤이다. 몸 좋아지면 다시 와 살 거라고, 집 팔지 않겠다고 손가락 걸고 약속했다.

할아버지, 할머니 팔짱 끼고 새벽 산책을 나온 길. 평창강 줄기 따라 우뚝 솟은 삼각산 능선 위로 붉은 해, 불쑥 떴다. 가끔 팔랑팔랑 뛰어오는 내가 보인다는 할머니, 할아버지.

"안 와도 좋으니 아프디 말고 건강하게 잘 살그라. 니 119 실려가구 가심이 얼매나 아프등이……."

할머니가 허리춤에서 뭔가를 꺼내더니 남방 윗주머니에

찔러넣었다. 꼬깃꼬깃한 만 원짜리 석 장이었다. '맛난 거 사서 먹고, 아프지 말라'며 등 두드리는 할머니. 오래 묵은 지폐에서 할머니 냄새가 났다. 명절에 다녀간 자녀들이 준 용돈이리라. 은행나무 같은 두 분 팔짱 끼고 가운데 서서, 예순 살 나는 또 깨꽃이 되어.

고통, 그 인간적인 것

어려서부터 나는 꼭 필요한 사람으로 인정받고자 하는 열망이 강했다. 그래서인지 일찍 철이 들었다. 한국전쟁에서 남편이 전사하고 오 남매에 시동생 둘까지 여덟 식구의 생활을 책임져야 했던 엄마를 어떻게든 도와야겠다는 생각뿐이었다. 어린 나이에 학용품값을 벌려고 물지게도 지고, 잣도 까고, 연탄도 나르며 한 푼이라도 벌고 아끼려고 애썼다. 학교 소풍이나 졸업 여행은 알아서 빠졌다. 가난 때문에 할 수 없는 일이 할 수 있는 일보다 많았다. 살아 있는 것 자체가 고통이라고 여기며 살아왔다.

결혼 생활 내내 이어진 남편의 폭력을 오래 참다 이혼을 결심했다. 고통의 나락으로 떨어지는 것 같았다. '나보다 더 괴로운 사람도 있을까?' 그 생각을 하며 꼬박 2년을 보냈다.

그러다 수원의 성빈센트병원에서 호스피스를 시작한 때가 기억났다. 아들이 고3이었을 당시에 나도 무언가를 해야지 하는 마음으로 교육을 받은 후에 한 봉사활동이었다.

주 4일을 병동에 갔다. 환우들은 하루하루 통증과 사투를 벌이고 있었다. 고통을 겪는 사람에게는 쓸데없는 위로의 말보다 침묵하며 같이 아파해주는 것이 필요했다. 밝은 모습을 보이려 애썼고, 나의 심장병 투병기를 이야기하며 그들의 아픔에 공감을 표하고자 노력했다. 환우들은 이런 나를 좋아했다. 불면증에 시달리는 분들에게 도움을 주려고 발 마사지를 배웠다.

"아, 뭐야? 오늘은 마사지 없어요?"

불면의 밤을 보낸 환우들이 나를 보면 마사지하기 좋은 포즈를 취하고는 이렇게 물었고, 그럼 나는 "그럴 리가?"라고 맞대응하며 환우들과 편하게 지냈다. 마사지를 받은 환우는 곤히 잠들곤 했는데, 환우가 잠든 사이 보호자를 쉬게 할 수 있어 일석이조였다.

하루하루 통증과 사투를 벌이는 환우들을 보며 내 고통은 아무것도 아님을 깨달았다. 나를 버리려던 생각은 사치였다.

"엄마, 이제 엄마 인생을 시작해봐!"

악보를 빠트렸다고 집에 왔던 딸아이가 뜬금없이 이 말을 툭 던지고 나갔다. '내 인생?' 평소에도 내가 사는 방식을 탐탁지 않아 했던 딸이 던지고 간 한마디가 가슴에 콕 박혔다. 딸은 사회복지과를 수석으로 졸업하고 뜬금없이 음대에 편입하더니 차석으로 졸업할 정도로 자기 자신에게 철저했다. 한 번도 인생에 대해 생각해보지 않았던 나는 딸의 말에 한동안 멍했다. '그래, 난 뭐지? 그동안 나는 나를 위해 뭘 했지?' 무심코 켠 인터넷에 K사이버대학교 입학전형이 떴다. 등하교하지 않으니 교통비도 점심값도 안 들고 강의는 얼마든지 반복해 들을 수 있었다. 국가유공자라서 학비도 정부의 지원을 받을 수 있었다. 딸도 대환영이었다. 사회복지과를 지원하려 했더니 딸이 물었다.

"그거 엄마한테 잘 맞긴 한데, 엄마 나이에 너무 힘들잖아. 다른 거, 하고 싶은 거 없어?"

"문창과는 힘들겠지?"

"딱 좋네! 엄마 책 좋아하잖아!"

그렇게 내 인생의 2막이 시작되었다. 동기들과의 스터디로 밤늦게 집에 들어서는 엄마에게 두 아이가 눈을 부릅떴다. '이런 불량주부 같으니, 거기 문 앞에 팔 들고 서!' 내 나이 쉰

다섯이었다. 이렇게 열정적으로 삶을 산다는 게 꿈만 같았다.

내가 삶을 향해 전진하는 동안 아들과의 사이가 점점 멀어졌다. 제 학비를 번다며 두바이 현대건설 현지 근무를 마치고 돌아온 아들은 낯설었다. 고생 때문인지 말투가 거칠어졌고 종종 과도한 책임감 때문에 괴로워했다.

결혼을 염두에 둔 여자친구가 있으면서도 형편 때문에 용기를 내지 못하는 아들을 보며 문득 '길의 끝에서 돌아서면 바로 길의 시작'이라는 은사님 말씀이 생각났다. 세놓은 아파트를 빼 거기 들어가 살라고 하자 결혼은 일사천리로 진행됐다. 결국 아파트는 직장에서 멀어 따로 전세를 얻었다. 아들을 결혼시키고 나서야 나는 한시름 놓을 수 있었다.

결혼 석 달 만에 쌍둥이를 가졌다는 기쁜 소식을 들었다. 딸과 나는 만세를 불렀다. 그러나 쌍둥이의 임신과 출산은 우리 가족에게 위기였다. 며느리의 입덧도 심했지만, 무엇보다 쌍둥이에게 무시무시한 병명이 거론됐다. 태어나자마자 인큐베이터에 갇힌 쌍둥이는 몇 번의 힘든 수술을 견뎌야 했다. 병원 생활을 겪으며 아들과 며느리, 나는 하나가 되었다. 누구 하나가 포기하면 남은 모두가 쓰러질 수도 있는 상황이었다. 고통은 가족을 끈끈하게 엮어주는 동아줄이 되었다. 그간 겪은 고통의 순도만큼 서로에 대한 신뢰가 쌓인 것이다. 그때 나는 깨달았다, 고통은 사람을 나락으로 떨어트리기도 하지만 때로는 사람과 사람 사이를 끈끈하게 묶어주는 역할도 한다는 것을. 함께 가려면 우선 내가 건강해야 한다는 사실을 받아들였다. 우리의 고통을 최소화하기 위해 나를 소중하게 여기기 시작했다. 이렇듯 사람은 고통을 통해 자신의 뿌리를 깊이 내리고 성장하게 된다.

쌍둥이가 건강하게 태어나지 못해 모두 힘들었지만, 쌍둥이 덕분에 우리는 가족으로 뭉칠 수 있었다. 그제야 나는 고통을 이해하기 시작했다. 아무리 힘들어도 그 시간을 통해 무언가 얻는 것이 있다. 또한 인생은 거저 얻어지는 것이 아니라, 고통을 통해 조금씩 완성되어 간다는 걸, 나는 쌍둥이를 통해 깨달았다. 우리 가족에게 고통은 운명을 길어 올리는 원동력이자 사랑의 원동력이 되었다. 그러니 고통을 잘 따라가 볼 일이다. 꿀같이 달디단 열매가 거기 스으 열려 있다.

무늬만 천사

나는 착하다는 소리를 많이 들으며 자랐다. 누가 부탁하면 내 몸이 부서지는 일이어도 거절하지 못했다. 그런 성격 탓에 바보 같다는 소리도 많이 들었다. 어머니는 아버지 얼굴도 못 보고 컸다며 유복녀로 태어난 나를 안쓰럽게 여겼다. 언니들이 학교에 가고 나면 내게만 신앙촌* 카스텔라를 사줬다. 그때는 지금처럼 제과점도 없었고, 제과업체는 더더욱 없었다. 동네 구멍가게에는 눈깔사탕과 박하사탕, 땅콩이 들어간 카라멜 미루꾸**가 전부였다.

나는 윗도리 앞섶에 어머니가 사준 카스텔라를 숨기고는 언니들이 학교에서 돌아오는 길목에서 기다렸다. 어머니는 혼자 몰래 먹으라 하셨지만, 나는 카스텔라를 나눠 먹을 상상을 하며 언니들을 기다리는 그 시간이 가장 좋았다. 하교한 언니들은 내가 내놓은 카스텔라를 확 뺏어 저들끼리 먼저 반으로 나누고, 각각 귀퉁이 한쪽씩을 인심 쓰듯 떼어줬다. 좀 억울했지만, '언니들은 학교 다녀오느라 힘들었으니까……' 하고 이해했다. 말 없이 빵 쪼가리를 받아먹는 날 보고 어머니는 '제 것도 못 챙기는 바보'라며 혀를 차셨다. 어머니가 달걀을 삶아 주신 날도 있었다. 언니들이 올 때를 기다렸다가 달걀을 내놓았더니, 언니들은 흰자를 먹고 내겐 노른자만 주었다. 노른자를 먹다 캑캑거리자 혼자 맛있는 거 다 먹어서 그런 거라며 머리를 쥐어박았다.

형제들이 다 성장하여 각자 가정을 꾸리고 살 때, 오빠와 언니 들은 나를 보고 '천사병이 중증'이라며 혀를 찼다. 시댁 식구들 뒷바라지하느라 변변한 옷 하나 없는 내게 바보라고 했다. 싫은 걸 싫다고 말하지 못하고, 아파도 아프다고 말하지 못하는 내가 답답했던 모양이다. 언니들은 너의 희생정신이 사람을 질리게 한다고 그랬다. 일주일에 세 번 호스피스 활동을 하는 내게 아픈 사람들을 찾기 전에 너나 건강하라고 윽박질렀다. 나는 심장병으로 죽을 뻔했고 폐렴으로 고생을 했다. 다 오지랖이라는 말에 내가 많이 아파봐서 아픈 사람들 마음을 너무도 잘 알기 때문이라고 답했다. 그런데 그게 교만이란다.

나는 왜 아프다고, 싫다고 말하지 못할까? '아프다' 말한다고 아픔이 없어지지 않으니까…… '싫다' 말하면 상대방이 상처를 받을지도 모르니까……. 양보는 내게 미덕이 아니다. 무언가 양보한다고 해서 내게 큰일이 나지 않기 때문에 양보하는 거다. 옛날 어르신들의 말씀에 배고팠던 사람이 배고픈 사람의 사정을 알고, 집 없이 떠돌이 생활을 했던 사람이 집 없는 설움을 안다고 했다. 나는 너무 많이 아파봤다. 이사를 너무 많이 다녔다. 그런 경험을 많이 한 사람이라서 나와 비슷한 경우를 보면 공감을 잘할 뿐이다. 나는 그저 내 경험에서 우러나는 것들에 수긍할 뿐이다.

그러다 어느 날부터 나는 내 목소리를 내기 시작했다. 언니, 오빠 들의 말에 토를 달기 시작했다. 옳지 않아도 가족들 앞에서는 그저 가만히 있던 내가 사사건건 시시비비를 가렸다. 예순이 넘으면 순해져야 하는데, 나는 그 반대였다. 글쓰기를 하며 책을 많이 읽다 보니 옳고 그름에 대한 인식이 달라진 것일까? 아니다, 이 변화를 제대로 따져보기로 한다. 나는 변하지 않았다. 다만 나를 대하는 무례한 사람들의 태도에 이제는 침묵하지 않을 뿐이다. 사람들은 내게 조심스러운 말투로 말하지만 말로 슬그머니 나를 밟는다. 내가 항상 져주기만 하니 그것을 당연하게 생각하는 모양이다. 그전 같으면 그냥 그런가 보다 하고 말았을 거다. 하지만 이제는 그게 거슬려 그냥 지나치지 못하고 꼭 따지고 든다. 하고 싶은 말을 우물쭈물 삼키지도 않는다. 그런데 그렇게 하고 나서 마음이 편치가 않다. 나는 여전히 나였다.

식구들도 친구들도 나의 변화에 놀랐다. 변했다는 말을 많이 들었다. 그동안 어떻게 참고 살았냐고 농담처럼 하는 말도 자주 들었다. 한바탕 싸운 후 언니가 내게 소리쳤다.

"그게 바로 너야! 넌 천사가 아니야. 무늬만 천사야!"

그전엔 불의를 봐도 못 본 척 지나쳐서 싸울 일이 없었는데, 모두 내가 무섭다고 한다. 대체 나는 무엇이 문제인가? 나는 바보도, 천사도, 무늬만 천사도 아닌 그냥 나, 이순자다. 사람들이 나를 나로 인정해주면 좋겠다.

이제 남은 생을 잘 살려면 명심해야 할 일이 있다. 자존심으로 무장한 자격지심이 나를 점령하지 못하도록 원래 내가 지닌 양보와 배려의 마음을 잃지 않는 것. 갈 날이 가까운 어른이니 무늬만이라도 천사를 닮아가야겠다. 그러려면 나 자신이 먼저 행복해야 한다. 행복한 사람은 주위 사람들을 기쁨으로 보듬지만, 불행한 사람은 주변을 어둡고 절망스럽게 만든다. 행복과 감사는 단짝이다. 감사할 일 적고 하루 한 번 씩 읽어보기, 자기 전에 감사기도 드리기. 이제부터 시작이다.

* 신앙촌은 1957년부터 천부교 창시자 박태선의 주도로 신앙 공동생활을 위해 경기도 부천시, 경기도 남양주시, 부산광역시 기장군에 차례로 설립된 촌락이다. 당시 신도들은 여러 공장을 세우고 양말을 비롯한 의류나 바이올린과 첼로 같은 악기 등을 생산했다. 특히 제과 공장에서 생산한 캐러멜과 카스텔라가 전국적으로 큰 인기를 끌었다.

** 미루꾸는 일본 제과업체 모리나가 제과에서 생산한 밀크 캐러멜(milk caramel)을 일본어식으로 발음한 것이다. 해당 제품은 일제강점기에 한국에 수입되었다.

나는 경계인이다

나는 청각장애인이다. 선천적인 감각신경성 난청으로 나는 무슨 소리인지 정확하게 듣지 못한다. 어떤 소리는 잘 듣고 어떤 소리는 잘 듣지 못한다. 보청기는 내게 아무 도움이 되지 않는다. 색맹이나 색약과 비슷하다고 볼 수 있다. 맑은 여자 목소리는 비교적 잘 듣는 편이지만, 굵은 남자 목소리는 들을 수는 있어도 정확히 분별하지는 못한다. 또 시끄러운 곳에서는 소리가 섞여 특정 목소리를 식별하기 어렵다. 나는 가끔 아예 아무 소리도 들을 수 없으면 좋겠다고 생각한다. 사람들의 오해를 더 많이 받기 때문이다. 곤란할 때도 많다. 조용한 곳에서 일대일로 대화하다가 밖에 나오면 갑자기 상대방 말을 전혀 듣지 못하니 나를 의아하게 생각한다. 여자와 대화하다가도 굵은 남자 목소리는 잘 못 알아들으니, 특히 남자들이 나를 자주 오해한다. 어찌 되었든 둘이 마주 보고 말할 때는 잘 듣기도 해 내게 장애가 있다고 생각하지 않는 사람들도 있다. 그러다 보니 막상 도움이 필요한 순간에 비장애인 취급을 자주 받는다. 나는 장애인도 비장애인도 아닌 경계인이다.

중학교 2학년 때, 나는 내가 청각장애를 가지고 있다는 것을 정확히 알게 되었다. 수학 시간에 시험을 봤는데 빵점을 받았다. 선생님이 문제를 내면 함수관계 공식을 외워 쓰는 시험이었다. 긴장해서 그런지 평소보다 더 들리지 않았다. 식은 땀을 뻘뻘 흘리며 숨이 막혔던 그 느낌이 지금도 생생하다. 그제야 나는 내 귀가 이상하다는 것을 깨달았다. 가족들에게 말해보았지만 아무도 내 말에 귀 기울이지 않았다. 내가 멍청해서 그런 거라고 윽박질렀다. 먹고살기 힘든 세월이었다. 아버지도 안 계신 집안 살림에 아프지도 않은 일로 병원에 가는 것은 꿈도 못 꿨다. 내가 청각장애인이라니. 하늘이 노랬다. 한창 사춘기 때라 혼자 고민에 빠져 나쁜 생각을 하곤 했다.

수업을 제대로 듣지 못하니 성적은 바닥이었다. 나름대로 열심히 노력했지만 성적은 늘 하위권이었다. 언니, 오빠 들은 화가 나면 나를 쥐어박으며 말했다.

"너는 뭐 하려고 태어나서……."

그래도 고등학교 2학년 때 월남에 파병 나갔던 작은 오빠가 학비 걱정은 말고 열심히 공부해 대학에 가라고 했다. 일곱 정거장이나 되는 학교를 걸어 다니며 차비를 아끼고, 그 돈으로 독서실을 다녔다. 독서실 난방은 난로 하나가 전부였다. 담요 하나 두르고 밤을 새워가며 공부했다. 그해 여름, 성적은 그럭저럭 중상위권으로 올라갔다.

그러던 어느날, 체육 시간이 끝나고 수돗가에서 세수하는데 갑자기 코피가 터졌다. 다음 수업을 알리는 종이 울렸는데도 코피는 멈추지 않았다. 피가 뭉텅뭉텅 쏟아지다 입까지 넘어왔다. 목구멍이 간질거려 기침하면 핏덩이가 쏟아져 나왔다. '아, 이제 나는 죽는구나!' 하는 생각이 들면서 마음이 가라앉았다. 그렇게 기다리던 죽음이 손을 내미는 듯했다. 집으로 돌아와서도 요강에 피를 쏟는 내게 어머니는 "그래, 죽어라, 죽어!" 하며 우셨다. 어머니가 얼마나 힘들면 저런 말을 하실까. 나는 조용히 누워 장롱 속의 쥐약을 떠올렸다. 그즈음은 큰언니가 서울여상을 졸업하고 직장에 다니기 시작했을 때다. 언니는 어머니와 대판 싸운 후에 나를 병원에 데리고 갔다. 급성 폐결핵이었다. 보건소에서 약을 타 먹었다. 급성이라 치료 기간이 짧았다.

결국 나는 대학 진학을 포기하고, 대신 고등학교 3학년 때 취업반에 들어갔다. 주산과 타자를 배우고 자격증을 따며 취업을 준비했다. 그러나 취업은 사실 꿈이었다. 전화 통화를 할 수 없는 나는 사무직으로는 갈 곳이 없었다. 내가 딴 주산과 타자 자격증은 한 번도 써먹지 못하고 휴지 조각이 되었다.

당시 우리나라에는 외국의 전자산업 업체가 많이 들어왔다. 야근 수당이 높아 야근하면 웬만한 회사 봉급보다 훨씬 많이 받을 수 있었다. 20대 청춘의 대부분을 야근하며 집안 경제를 도왔다. 3년이 지나자 사무직으로 승진할 기회가 여러 번 있었다. 그러나 장애 때문에 포기할 수밖에 없었다. 추천서를 써준 상사는 나를 이상한 여자 취급을 했다. 그도 그럴 것이 아무나 추천받는 건 아니었으니까. 직장에서 하는 일은 단순 생산직이라 말이 별로 필요 없어 내가 청각장애가 있다는 걸 아무도 눈치채지 못했다. 고등학교를 졸업하고도 공순이가 되었다는 놀림을 받았으나 집안에 보탬이 되어 다행이라 생각하기로 했다.

핸드폰이 생기고 문자와 카톡을 쓰게 되면서 내게 신세계가 펼쳐졌다. 하지만 가까운 친지나 가족도 급한 일이 생기면 자신들 편리한 대로 전화를 해서 나를 혼란에 빠트린다. 문자나 카톡으로 연락해달라고 부탁해도 다시 전화를 걸어온다. 이럴 때마다 공황 상태에 빠진다. 더구나 길거리에서는 더 그렇다. 내가 관공서를 이용하거나 일상생활에서 필요한 민원에 발로 뛰는 것을 다른 사람들은 의아해한다. 나는 되도록 남의 도움을 받지 않으려고 모든 일을 직접 가서 처리한다. 물론 창구에서 겪는 소통의 불편함은 아무도 모른다. 매번 모멸감과 자괴감을 느껴야 한다. 어떻게든 가족에게 폐 끼치지 않으려고 엄청난 노력을 했다. 늘 신경을 곤두세우고 살았다. 결혼과 아이들 육아, 교육 문제에서도, 집을 사고팔 때도, 관공서와 시시비비를 따질 때도 나는 언제나 몸이 제일 바빴다. 전화 한 통화로 가능한 일을 나는 꼭 해당 부서로 찾아가야 했으니까. 무더운 여름날, 건강보험료 문제로 헐떡이며 공단에 다녀오는 내게 언니는 화를 내며 말했다.

"전화로 하지, 이 더운데 뭐 하러 거기까지 갔냐?"

가까운 가족조차 내가 청각장애로 애를 먹는다는 걸 잊을 때가 많다. 대신 전화해달라고 부탁을 하면 이상한 눈으로 쳐다본다. 그럴 때마다 전화 통화가 불가능해서라고 설명해도, 또 도돌이표다.

소외감을 떨치려고 한때 수화를 배웠다. 청각장애인들과

소통하기 위해서였다. 농아인협회를 찾아갔다. 농아인 틈에서 나의 정체성을 찾으려 했다. 처음에 내가 다가가 수화로 인사를 하면 그들도 나를 무척 반긴다. 그러나 대화를 조금 나누다 보면 어느새 나는 변두리로 밀려난다. 현란한 손짓의 대화를 따라잡을 수가 없다. 가끔 내가 안쓰러워 보이는지 몇 마디 수화를 건네기도 하고 나도 열심히 대화에 끼려고 노력해보지만, 어느새 나만 외톨이다.

일반적인 수화 교육만으론 청각장애인들과 소통하기 어렵다. 그들의 수화에는 내가 알지 못하는 육화와 사투리가 있다. 그걸 배우는 게 수화 배우기보다 어려웠다. 그들과 몇 년 함께 생활하기 전에는 그것을 배울 수가 없다고들 했다. 3년을 열심히 배우고 그들과 어울리고자 노력했으나 결과는 미미했다. 처음 수화를 배울 때는 제대로 배워 수화 통역을 할 계획이었지만, 애초에 내 청각 기능이 좋지 않아 이 또한 할 수가 없었다. 나는 비장애인 사회에도 장애인 사회에도 편입되지 못하는 경계인이었다. 여기서도 저기서도 설 곳이 없는 나는 점점 지쳐갔다.

남편과 결혼해 25년을 정말 열심히 살았다. 시할머니, 시어머니, 시동생을 모시고 살면서 어느 한 날 쉽지 않았다. 명절이면 100명 가까운 손님을 혼자 감당했다. 평상시에도 시할머니의 손님은 끊이지 않았다. 이북에서 넘어온 친척들은 10촌까지도 한 식구였다. 곁에 사시는 시어머니의 친정 오라버니가 돌아가셨을 때도 나는 시외삼촌댁에 가서 사흘 동안 300명의 손님을 치렀다. 딸도 며느리도 울기만 할 뿐이니 부엌일은 나 혼자 감당해야 했다. 그렇게 열심히 산 덕에 종갓집 종부로 인정받았다. 시어머니 칠순 잔치를 하겠다고 아기 돌보미로 일해 번 돈으로 적금을 들기까지 했다. 그런데 하필 잔칫날, 우연히 남편의 불륜을 알게 됐다. 나와 전화 통화가 불편해 바람을 피웠다는 남편의 핑계는 어처구니없었다. 졸지에 내가 가해자가 됐다. 그러나 억울해도 할 수 없는 일이었다. 나의 장애로 그들이 피해를 봤다는 말에 어떤 이유를 대며 해명할 수 있겠는가. 이혼은 그동안 내가 쌓아온 모든 것을 허물었다.

피폐해져가는 내게 딸이 그동안 해보고 싶었던 공부를 해보라고 조언했다. 그렇게 공부를 시작했다. 대학을 졸업하고 독서논술지도사 자격증을 땄다. 늦게 시작한 공부에 재미가 붙으니, 시간이 아까웠다. 미술, 문학, 심리상담 자격증과 전통 요리 자격증, MBTI 검사 자격증 등 여러 가지 자격증을 땄다. 그러나 실생활엔 전혀 소용이 없었다. 소통의 문제는 내가 뛰어넘을 수 없는 벽이었다. 장애인활동지원사 교육을 받고 일하면서도 내 장애는 여전히 문제가 되었다. 모든 것을 포기해야만 했다.

나이 먹으니 건강에 문제가 생겨 병원에 자주 간다. 내가 같은 말을 두 번 이상 물어보면 의사는 대개 간호사한테 진료카드를 넘겨주며 데리고 나가라고 눈짓한다. 늘 당하는 일이다. 엑스레이를 열 장도 더 찍었는데 딱 세 장 보여준다. 그것도 휙휙 넘기면서 아무 일도 없단다. 핸드폰을 꺼내 필담을 요청하자 귀찮음을 대놓고 표시하는 의사의 눈초리. 지난번 내원했을 때 다른 의사에게 들은 이상소견을 말하니 그 의사가 검진하는 날 다시 진료하란다. 재차 의사에게 필담을 청했다가 거절당하고 병원을 나서면 나는 또 자괴감에 빠진다. 모멸감의 강에서 허우적대다 차라리 아무것도 들리지 않았으면 좋겠다는 생각을 또 하게 된다. 아들뻘 되는 놈이…… 싶다가도 우리 아이들도 다르지 않다는 사실이 떠오른다. 아이들도 말하다가 내가 자주 못 알아들으면 대화를 급하게 끝마친다.

누구를 이해한다는 일은 이다지도 어렵다. 이 벽은 나 혼자 노력한다고 허물어지지 않는다. 그렇다고 누구의 탓으로 돌릴 수도 없다.

쌍둥이 손주들이 아프게 태어나 병원에 오래 있었다. 예정일을 한참 앞두고 태어난 아가들은 작은 몸에 각종 줄을 달고 위험한 수술을 여러 번 했다. 병원 생활이 길어지며 아들 부부는 지쳐갔다. 잠을 못 자 꼴이 말이 아니었다. 그걸 지켜보며 당장이라도 병원으로 달려가고 싶었다. 내 살 내 뼈 내 장기를 다 빼 주어서라도 살리고 싶었다. 그러나 나는 기도밖에 할 수가 없었다. 내가 아는 모든 사람을 동원해 기도를 청했다. 내가 아가들을 간호하다 의사나 간호사의 말을 잘못 들어 실수하면 아가들에게 돌이킬 수 없는 일이 생길까 두려워 병원에 가지 못했다. 그 마음을 붙들고 혼자 울었다. 나중에 아들 부부가 당시에 도와주지 않은 섭섭함을 전할 때, 나는 아무 말도 할 수 없었다. 나 자신을 부숴버리고 싶을 만큼 자책감이 들어 마음만 쓰라렸다.

이 삶의 답답한 경계를 허물 수 없어 오늘도 글을 쓴다. 글은 나의 탈출구다. 나의 슬픔, 나의 한탄, 나의 목마름, 나의 안타까움. 하지 못한 많은 말을 글로 토해내며 글로나마 나를 위로한다.

유일하게 전화 통화를 하는 친구가 있다. 시를 낭송하는 그 친구의 목소리는 맑고 깨끗하다. 내가 잘 알아듣지 못해도 천천히 또박또박 같은 말을 반복한다. 그 친구와 통화를 하고 나면 남들이 일상적으로 하는 전화 통화를 해냈다는 뿌듯함으로 날아갈 것 같다. 당뇨로 동네 내과에 한 달에 한 번 내원한다. 처음 진료받을 때 청각장애가 있다고 말했더니 의사는 진료 때마다 말로 설명하면서 필담을 병행한다. 내가 알아야 할 주요 단어를 써가며 설명해준다. 검사 수치는 물론이고 앞으로 지켜야 할 사항들을 요약해 별표까지 치며 써준다. 새로운 병이 발견되면 주의 사항들을 꼼꼼히 적어준다. 멋진 의사 선생님, 잘생겼다. 마음은 더 잘생겼다. 이럴 때면 내가 서 있는 경계선이 사라지는 것 같다. 한 달에 한 번 가는 병원 길이 가볍다. 나를 비롯한 경계인과 장애인은 이런 분들이 있어 조금은 수월하게 살아갈 수 있다.

1970년대 명동성당 젊은이들

스물한 살, 채워지지 않는 마음으로 명동성당에 갔다. 마침 성당을 나오시던 신부님이 나를 보고 말을 걸어왔다. 장발에 검은 수단 밑으로 청나팔바지를 입은 신부님은 매력 있었고 말이 잘 통할 것 같았다. 그 인연으로 교리 공부를 시작해 10개월 만에 세례를 받았다. 성당이 명동에 있어서인지 젊은이들이 많았다. 그곳에서 내 인생에 좋은 영향을 미친 친구들을 많이 만났다. 대학생과 직장인이 섞인 우리는 만나면 할 말도 듣고 싶은 말도 많았다. 서로의 생활 패턴이 다르다 보니 생각하는 관점도 많이 달랐다. 젊은 우리는 막걸리 잔을 비우며 자주 논쟁했고, 가끔은 이해할 수 없는 서로의 의견도 아주 쉽게 받아들이는 객기를 부렸다. 신부님은 우리를 '모닝파'라고 불렀는데, 아침에 만나도 점심때 만나도 저녁에 만나도 우리의 인사는 항상 '모닝!'이었기 때문이다. '모닝'이라는 단어는 우리를 결속시키는 주문과도 같았다.

우리는 한 주에 한 번 성당 입구에 있던 성모병원과 산업재해병원*으로 자원봉사를 갔고, 한 달에 한 번은 성라자로마을**로 울력*** 봉사를 다녔다. 산업재해병원에는 전신주 작업을 하다 감전되어 치료받는 한국전력 직원들이 많았다. 그중 한 분은 그 정도가 심각해 팔꿈치 위와 무릎 위를 절단했다. 20대의 나이로 그 지경이 되었으니 그분이 나쁜 생각을 한 것은 어쩌면 당연했다. 죽으려 해도 죽을 수가 없자 그분은 몸을 굴려 침대 아래로 떨어지기 시작했다. 자살을 방지하고자 의료진은 그분을 자주 침대에 묶어놓았다. 그분이 고통스러워하는 만큼, 그분을 돌보는 수녀님 또한 늘 마음 졸이며 걱정하셨다.

가브리엘라 자매와 병실을 방문한 어느 날이었다. 그분이 나를 불렀다.

"손톱 좀 깎아주실라우?"

나는 당황했다. 손발이 없는데 어찌 손톱을 깎을 수 있겠는가? 침착해야 했다. 가방에서 손톱깎이를 꺼냈다.

"손톱부터 깎아드릴까요, 발톱부터 깎아드릴까요?"

덜덜 떨리는 손을 애써 진정시키고 다가가자 그분이 웃음을 터트렸다.

"아, 머리부터 깎아야겠네."

나도 아무렇지 않게 손톱깎이를 머리에 들이댔다. 그분이 몽당손으로 내 원피스 자락을 툭툭 쳤다. 때마침 수녀님과 가브리엘라가 들어왔다. 병실을 나오자마자 나는 바닥에 털썩 주저앉았다. 이후 그분은 세례를 받고 새 삶을 시작했다. 세례 날, 안내를 맡은 나를 보고 반갑게 휠체어를 밀고 온 그분이 몽당손을 내밀어 악수를 청했다. 나는 헐렁하게 빈 소매를 잡고 힘차게 흔든 다음, 그의 가슴에 꽃을 달아주었다.

1973년 김대중 납치사건****으로 시국이 어수선할 때도 명동성당에는 운동권 학생들로 북적였다. 우리 모닝파는 그들과 쉽게 어울렸다. 밤이면 신부님 방에서 유인물을 찍고, 낮이면 데모에 가담했다.

"우리들은 정의파다, 훌라 훌라! 같이 죽고 같이 산다, 훌라 훌라! 무릎 꿇고 살기보다 서서 죽길 원한다, 훌라 훌라!"*****

성가 대신 이 노래를 복창하며 우리는 운동권 학생들과 함께 맞섰다. 하지만 경찰이 성당을 급습했고, 사제관에 숨겨둔 등사기와 유인물이 발견되자 많은 친구들이 경찰에게 끌려가 감옥에 갇혔다.

우리와 함께했던 신부님 중 한 분은 경찰에 잡혀갔고, 한 분은 급하게 로마로 유학을 떠났다. 신부님의 비서로 근무하던 한 언니는 고문을 당하고 겨우 풀려나 이후 수녀원에 입회했다. 서울대에 다니던 오빠는 요즘 말로 금수저였다. 매번 데모에 가담해 경찰에 잡혀가고 풀려나기를 반복하더니 결국 부모를 등지고 인도 캘커타******에 있는 마더 테레사의 수도회인 '사랑의 선교회'로 떠났다. 친구 중 몇은 잡혀갔다가 다행히 풀려났고, 몇은 어디로 잡혀갔는지 도무지 소식을 알 수 없었다. 풀려난 친구들은 죄책감에 시달려 학교를 그만두고 지하철 공사판을 전전했고, 소식 끊긴 동지들의 안부를 몰라 불안해했다. 누가 고문을 받다 죽었느니, 누가 변절을 해 동지들을 불었느니 하는 말들이 유행병처럼 번졌다. 소식 끊긴 동지들의 소식이 들려오기를 간절히 바랐던 터라 그런 소문조차 흘려듣지 못했다. 누구도 믿을 수 없는 시대였지만 그런 때조차 우리는 서로를 굳게 믿었다.

당시 명동성당 뒤쪽에는 계성여자고등학교가 자리해 있었다. 그 두 건물 사이에 천주교 성바오로 보육원이 있었는데, 아이들을 워낙 좋아했던 나는 친구들과 그곳을 자주 드나들고는 했다. 어느 날 보육원 수녀님이 나를 부르더니 대구결핵요양원*******에 사람이 필요하다며 그곳에 갈 생각이 있는지 물으셨다. 대구결핵요양원은 원래는 개신교에서 운영하다 경영난으로 고 김수환 추기경의 친형인 김동환 신부님께서 인계한 곳으로, 신부님은 김기창 화백의 그림을 일본에 팔아 환자들의 치료를 이어갔을 정도로 요양원을 근근이 운영했다. 그러니 수녀님의 물음에 생각할 것도 없이 "네"라고 답했다.

오빠들은 직접 현장을 봐야겠다며 대구로 향했다. 눈이 퀭한 남자 환우 여든 명이 군용 모포를 두르고 요양원 건물 밖에 나와 앉아 있는 걸 보고 오더니, 내 결정을 완강히 반대했다. 그때 내 나이 스물둘이었으니 그럴 법도 했다. 3년을 투쟁했지만 결국 나는 대구결핵요양원에 가지 못했다. 내가 요양원 일을 도와드리지 못한다는 소식을 들은 김동환 신부님은 오히려 짧은 편지로 나를 위로하셨다.

"사랑하는 로사, 주님이 원하시는 건 로사 하나가 아닌가 보다. 네가 밀알이 되어 더 많은 결실을 얻길 원하시나 보다."

세월이 많이 흘러 신부님이 돌아가셨다는 소식을 들었다. 그 편지가 내게는 신부님의 유언이 되었다. 유언대로 나는 아이들의 영성을 키우고자 애썼다. 많은 열매를 맺지는 못했지만, 수녀가 된 우리 딸은 나보다 더 멋진 능력을 갖추고 있다. 결과적으로 좋은 결실을 맺은 것이라 믿는다.

그때 우리는 어떻게 그런 용기를 낼 수 있었을까? 지금 생각해보면 무모하고 겁 없는 젊음이었다. 명동성당에서 만난 친구들과 보낸 20대에 나는 내 자아를 완성했다. 그리스도 정신과 정의에 대한 신념과 겁 없는 젊음이 삼위일체가 되었다. 나와 내 친구들은 뿔뿔이 헤어졌지만, 우리는 여전히 민주주의에 대한 신념으로 연결되어 있다. 나는 그때 우리가 생각하고 실행했던 것들에 대한 가치가 아직 내 안에 살아 있다고 믿는다. 다른 사람들이 이해하지 못하는 나의 담대함 또한 그때 형성된 게 아닐까? 두려움은 두려움을 낳고, 용기는 용기를 낳는다. 살면서 가장 중요한 것은 지금 여기서 무엇이 옳고 그른가를 생각하고 실행하는 일이다. 그때나 지금이나 옳고 그름에 대한 정직성은 내 인생의 모토다.

* 1965년 직업병 클리닉을 개설한 성모병원은 1971년 서울 중구 저동에 국내 최초 산업재해 전문 진료 및 치료 병원인 산업재해병원을 설립하고 산업재해 환자들의 치료와 재활 및 진폐증 연구에 앞장섰다.

** 성라자로마을은 1950년 6월 2일 무의탁 한센병 환우들의 치료와 자활 및 사회복귀를 위해 설립한 나환자 정착촌으로, 한국 천주교 최초의 구라사업 기관이다.

*** 울력이란 여러 사람이 힘을 합쳐 노동력을 무보수로 제공하는 일을 가리킨다.

**** 1973년 8월 8일 일본 도쿄에서 한국 야당 지도자 김대중이 납치되어 한일 간의 외교 문제로까지 비화되었다. 사건 발생 당시 김대중은 통일당 당수 양일동을 만나러 그랜드 팔레스 호텔에 갔다가, 대기하고 있던 한국 정보기관 요원 다섯 명에게 납치되었으나 극적으로 구출되어 129시간 만에 집으로 돌려보내졌다.

***** 훌라송은 1970년대 초중반 시위 현장에서 자주 불린 노래로, 외래의 악곡에 새로운 가사가 붙어 구전된 작자 미상의 노래다.

****** 인도 동부 서벵골 주의 주도 캘커타는 2001년에 콜카타로 이름이 바뀌었다.

******* 대구결핵요양원은 1966년 폐결핵환자 수용시설로 지어졌다가 1976년 故 김동환 신부가 대표이사 겸 원장으로 부임 후 결핵환자를 위한 결핵 전문 장기요양 사회복지시설로 운영해왔다. 현재 대구요양원으로 명칭을 바꾸었다.

빗나간 오지랖

살면서 내가 생각했던 길과 정반대로 갈 때가 있다. 생각대로 옳게 산다는 건 쉬운 일이 아니다.

1970년대 서울 성동구 성수동에는 시티즌 주식회사가 있었다. 그즈음 외국 기업들이 한국에 많이 들어왔다. 지금의 베트남이나 중국, 인도처럼 인건비가 쌌기 때문이다. 산업화를 국시로 내건 군사독재 시대였다. 농사로만 자식 공부 뒷바라지하기가 어려웠다. 낮은 인건비에도 각지에서 어린 아가씨들이 몰려들었다. 오빠나 동생의 학비를 뒷바라지하려고 고향을 떠나 돈벌이에 나선 그들은 대부분 중학교를 졸업한 10대 중반의 나이였다. 서울과 서울 근교에 생산 라인을 갖춘 외국 공장들이 앞다투어 들어섰다. 아가씨들이 출근하는 시간대는 사투리 전투장 같았다. 아가씨들의 옷 색깔만큼 사투리도 다양했다. 그들은 서로의 사투리를 꼬투리 잡아가며 시끌벅적 웃었다.

당시 나는 신부님의 부탁으로 다니던 회사를 그만두고 대구결핵요양원에 봉사를 가려다 집안의 반대로 주저앉은 상황이었다. 마냥 놀 수는 없어 언니의 의상실 일을 도왔지만, 양재 일은 나와 맞지 않았다. 1년쯤 지나자 숨이 막혔다. 그때만 해도 내 나이에 새 직장을 얻기가 어려웠다. 우여곡절 끝에 시티즌 주식회사 이사실에 사무직으로 취직했다. 일본에서 유명한 시계업체인 시티즌은 우리나라에도 수입이 많이 되고 있었다. 내 초봉은 3만 원대였고, 공장 노동자 임금이 2만 원이 채 안 됐다. 노동자들은 그 적은 돈으로 둘이나 셋씩 짝을 지어 자취하고 시골집에 얼마간의 돈을 부치거나 동생이나 오빠 공부를 시켰다. 아침을 굶고 회사에서 제공하는 점심으로 배를 채우는 식으로 생활비를 충당하는 친구가 많았다.

추석 연휴가 긴 어느 해였다. 공장 노동자들은 고향집 갈 생각에 2주 전부터 들떠 있었다. 1년에 두 번, 설과 추석에 모처럼 고향에 가는 것이기에 아가씨들은 한 달 전부터 부모님께 드릴 선물을 사며 마음은 이미 고향으로 떠났다. 하지만 그즈음 제품 오더가 밀려들어 사무실에 비상이 걸렸다. 회의가 거듭되면서 추석 연휴 반납으로 가닥이 잡혔다. 일본에서는 제품을 빨리 보내라고 성화였지만 오히려 생산량은 줄어들었다. 추석 휴가를 반납하라는 명령이 떨어져 생산 라인이 어수선한 탓이었다. 사무실에서는 조장들을 소집해 이번 추석에 휴가 가는 사람은 불이익이 있을 거라고 협박했다. 이번에 못 가면 반년을 또 기다려야 고향에 갈 수 있었으니, 휴가 반납 신청자는 많지 않았다.

문제는 또 있었다. 휴가를 반납하고 일할 경우 휴일 수당을 100퍼센트 별도 지급해야 했지만, 회사는 휴일 수당의 50퍼센트만 지급한다는 벽보를 붙였다. 노동법을 어겼던 것이다. 이전 회사에서 노조가 활동하는 것을 보아온 나는 이것이 공장 노동자들의 임금을 착취하는 일임을 알고 있었다. 퇴근 후 가끔 인사를 나누는 조장 하나를 불러 이야기를 들어보니, 회사에서는 그전부터 이런 식으로 운영해왔다고 했다. 이건 아니다. 연장 수당은 평일 임금의 50퍼센트를 더 지급해야 하지만 휴일 수당은 100퍼센트를 더 지급해야 했다. 노동조합연합회에 알아보니 내 말이 맞았다. 그 전전주부터 휴일에 동원된 공장 노동자들이 추석 연휴까지 반납하면 한 달 중 하루도 쉬지 못하게 생겼다.

퇴근 후 조장들을 우리 집으로 불러 모았다. 타이핑한 노동법으로 조장부터 교육했다. 일단 추석 전 일요일을 디데이로 잡았다. 똑똑한 몇 명을 신당동에 있는 노동조합 사무실로 보내 중점적으로 교육하고 가입신청서를 받았다. 공장 노동자 중 90퍼센트에게 사인을 받은 후 노동조합을 세우기 위해 회사 측과 조정에 들어갔다. 당시 회사 방침은 노조 설립을 절대 인가하지 않는 것이었다.

추석 전 일요일, 디데이가 되었다. 전 노조원이 어린이대공원에서 모이기로 했다. 조장 중 회사의 충복 노릇을 하는 K는 배제했다. 아침 일찍 버스를 타고 어린이대공원에 도착해 정류장에서 내리는데 공원 정문에 까만 양복을 입은 사람들이 쫙 깔려 있는 것이 보였다. 사복경찰들이라는 직감이 들어 다리가 후들거렸다. 일단 피하고 봐야 했다. 조장 하나를 건너편 버스 정류장으로 보내 어린이대공원으로 들어가지 말고 귀가하라 일렀다. 형사들이 눈치를 채고 버스 정류장으로 달려오는 게 보였다. 나는 반대편 정류장에서 도착하는 공원들을 골목으로 피신시켰다. 누군가가 변절한 것이 틀림없었다. 몇몇 조장을 데리고 집에 와 이야기해보니 조장 중 K와 동거하고 있던 이의 얘기가 나왔다. 회사에서 특별 보너스를 받았다고 자랑을 하더란다. 기가 막혔지만, 어쨌든 이건 내가 조심성이 부족해서 생긴 일이었다. 일단 공원들을 집으로 보내고 나니 기운이 쭉 빠졌다.

출근하자마자 전무가 나를 호출했다. 공장 노동자도 아니면서 왜 주동자가 됐느냐고 물었다. 나는 주동자가 아니라 그들이 모르는 걸 알려줬을 뿐이라고 말했다. 전무는 공장 노동자들을 진정시키고 추석에 일하는 것으로 이야기되면, 포상금 100만 원을 주겠다고 제의했다. 추석에 일을 시키는 대신 휴일 수당을 100퍼센트 지급하면 생각해보겠다고 답하자, 전무님은 이미 지출이 너무 많아 그럴 수 없다고 했다. K와 내게 줄 포상금을 말하는 것이었다. 노조가 생기면 임금 문제로 해마다 격돌해야 함을 직감한 회사 측은 나를 달래 노조 설립을 무산시킬 계획이었다. 포상금은 필요 없다, 정당한 임금을 지급하라고 하니 사복경찰 둘이 들어왔다. 나는 성동경찰서 지하로 잡혀갔다. 서너 명의 형사가 빙 둘러싸고 눈짓을 주고받았다. 한 형사가 갑자기 책상을 내리치며 말했다.

"아가씨가 간도 커. 콩밥 먹고 싶나?"

"아저씨, 왜 겁주고 그래요? 전 쌀밥보다 콩밥 좋아해요."

한 형사가 주민등록증을 달라더니 여기저기 전화를 돌렸

다. 형사들이 전화를 붙잡고 소리 지르거나 윽박지르는 모습이 꼭 영화에서 보던 일본 형사들 같았다. 한 형사가 다가왔다.

“아버지가 한국전쟁 때 육군 장교로 전사하셨나? 아버지를 생각해서라도 이러면 안 되지.”

그가 내 어깨를 툭툭 치더니 사인하라며 종이 한 장을 내밀었다. 노조 활동을 하지 않겠다는 서약서였다. 이미 다른 애들도 사인했단다. 나는 사무직이라 노조가 설립되더라도 가입 자격이 안 될뿐더러 서약서에 사인할 의사도 없다고 얘기했더니, 그냥 풀어줬다. 나의 오지랖은 해프닝으로 끝났고, 노조 설립은 무산됐다. 공장 쪽은 아무 일 없었던 것처럼 추석에도 쉬지 않았다. 당장 먹고살 일이 급한 노동자들은 서약서에 모두 사인했다. 나 혼자 허공에 주먹질한 꼴이었다. 사직서를 내니 전무가 나를 불렀다. 포상금 준다고 할 때 돈이나 챙기지 무슨 사직서냐며 비웃었다.

“전무님 딸도 저 아이들 나이일 텐데, 이다음에 여기 사람들이 전무님을 어떻게 기억할까요?”

그가 알아들었길 바랐다. 물론 그럴 사람이라면 애초에 부당한 일을 하지도 않았겠지만.

그해 가을은 겨울보다 추웠다. 떨어진 단풍잎이 어린 아가씨들의 치맛자락으로 보여 밟을 수가 없어 피해 다녔다. 6개월 만에 퇴직금을 받았다. 내 20대 후반에 일어난 악몽 같은 일이었기에 가끔 집으로 찾아오는 공장 노동자들과의 만남이 처음엔 고문처럼 느껴졌다. 하지만 외로운 타지 생활로 어려운 일이 있을 때마다 찾아오는 그들을 차마 내칠 수는 없었다.

세월이 흘러 그 일을 잊어갈 즈음, 하나둘 결혼 청첩장이 도착했다. 착한 동생들은 나를 볼 때마다 그때 그 이야기를 하며 미안해했다. 이제는 그들의 자식들이 그때의 내 나이가 되었다. 당시에 그들은 몰라서 회사에 임금 착취를 당했고, 그것이 불법임을 알고서도 가진 것이 없어 다른 선택을 할 수 없었다. 모르는 건 죄가 아니다. 노동자들을 착취한 회사 사람들은 아직도 사회 곳곳에서 건재하다. 나는 앞으로도 그 사람들을 절대 용서하지 못할 것 같다. 이것도 쓸데없는 오지랖이겠지만 말이다.

첫사랑

'첫'이 붙은 단어는 설레기 마련이다. 첫눈이나 첫 키스처럼. 첫사랑도 그럴 테다. 그런데 나의 첫사랑은 양희은의 노래 제목처럼 '이루어질 수 없는 사랑'이었다.

여고를 졸업한 후 직장을 다니며 명동성당에서 봉사활동을 했다. 유복녀로 태어나서 그런지 나는 어려서부터 유달리 고아, 장애인에게 마음이 갔다. 20대 중반에 들어서며 평생 봉사의 삶을 살고자 한 데는 그런 이유가 있었다. 하지만 엄마를 비롯해 언니, 오빠 들 모두 필사적으로 반대했다. 이곳은 이래서 안 되고 저곳은 저래서 안 되고……. 막내라는 이유로 내 인생을 내 마음대로 살 수 없었다. 결국 이런저런 일을 다 놓치고 다니던 회사마저 그만두게 되었다. 마냥 놀 수만은 없어 의상실을 운영하던 언니를 도왔지만, 그마저도 적성이 맞지 않았다. 별다른 기술이 없던 나는 단추를 달거나 동대문시장에 원단을 끊어다 주고 기술자들의 밥을 챙겼다. 하지만 새벽이 오면 명동성당에 가서 내가 원하는 봉사의 길을 가게 해달라고 기도했다.

그때만 해도 의상실이 호황이었다. 하루걸러 야근할 정도로 바빴다. 단골 부속 가게에서 단추나 재봉실 같은 부속을 사 의상실에 나르는 것도 내 일이었다. 보통 그런 잔심부름은 시다*들이 하곤 했지만, 현금이 오가는 게 위험하다고 생각해서인지 언니는 내게 그 일을 맡겼다. 부속값은 장부에 적고, 한 달 단위로 정산을 했다. 단골 부속 가게 아주머니는 아들과 함께 가게를 운영했다. 아들은 말이 별로 없고 수줍음을 많이 탔다. 그런데 언젠가부터 그가 보이지 않았다. 군에 갔다고 했다.

어느 날이었다. 안감과 지퍼 등을 사고 아주머니께 외상장부를 드리니, 나중에 하자고 했다. 몇 번 그런 일이 반복됐다. 구입 물품이 누락되고 계산이 맞지 않은 적도 있었다. 사람 없는 틈을 타 왜 그러시냐 물었다. 내 예상대로 아주머니는 글을 모르셨다. 혼자 있을 때 판매한 부속들을 기억하고 있다가 아들이나 딸이 오면 외운 것을 불러 장부에 적게 한다고 했다. 그러니 누락되는 게 많을 수밖에 없었다. 나는 의상실에서 옷 만드는 일을 하는 게 아니었기에 쉬는 시간이 많았다. 수시로 부속 가게로 달려가 아주머니의 외상 장부 정리를 도왔다.

어느 날 부속 가게에 가보니 아들이 나와 있었다. 제대한 모양이었다. 나이에 걸맞지 않게 모시로 된 한복을 입고 있었는데, 그 모습이 눈이 부시게 멋있었다. 아주머니는 아들에게 그동안 나한테 도움 받은 얘기를 전하면서 내게 밥이라도 한 번 사주라고 했다. 다른 의상실 사람도 있고 해서 그냥 나오려는데, 그가 외상 장부 안에 쪽지를 끼워 넣더니 내게 내밀었다. 잘못한 것도 없이 가슴이 두방망이질했다. 장부에서 떨어진 쪽지에는 '보문다방 저녁 7시'가 적혀 있었다. 심장이 터질 것 같았다. 모시옷을 입은 그는 예전의 그와 완전히 달라 보였다. 요즘 말로 '꽂힌다'는 게 이런 걸까?

의상실로 돌아온 나는 언니 말에는 건성으로 대답하며 7시가 되기만을 기다렸다. 언니와 기술자들의 저녁을 차려놓고는, 친구와 약속이 있다고 거짓말한 뒤 보문다방에 갔다. 약속한 시간보다 일찍 도착했다. 처음에 그는 머리를 묶은 내가 열아홉으로 보인다며 반말을 했다. 실제 나이를 밝혔는데도 믿지를 않았다. 나는 주민등록증까지 내보이며 항의했다. 그는 그제야 미안하다는 사과와 함께 다음에 술을 사겠노라고 했다. 그날 그렇게 우리 사랑은 시작됐다.

여름이 지나고 가을이 지날 무렵, 아주머니는 올해가 가기 전 약혼이라도 하는 게 어떻겠느냐며 결혼 이야기를 꺼냈다. 언니는 못마땅한 눈치였지만 특별히 반대하지는 않았다. 결혼은 절대 안 한다고 선 자리 마다하던 내가 약혼이라도 해 다행이라는 눈치였다.

그와 종로에서 맥주를 마시고 돌아오는 길이었다. 무심코 본(本)이 어디냐고 물었다. '전주 이씨'라는 그의 대답에 머리를 꽝 부딪친 거 같았다. 제자리에 멈춰 선 내게 그가 눈빛으로 되물었다. '나도'라는 말이 차마 입 밖으로 나오지 않았다. 당시는 동성동본불혼** 시절이었다.

이 상황을 알게 된 아주머니는 태도를 바꾸어 결혼을 반대했다. 너무도 황당한 일이었다. 그럼에도 이 결혼을 그대로 밀고 나가자는 그와 그의 동생들, 어쩔 줄 몰라 하는 나와 내게 험한 말을 내뱉는 아주머니까지……. 우리가 어떻게든 결혼한다 해도 혼인신고를 할 수 없는 상황이었다. 자식을 낳아도 혼외자 취급을 받을 수밖에 없었다. 그러나 그는 종손이었다. 우리는 이미 너무 멀리와 버린 것 같았다.

그해 겨울엔 눈이 참 많이 내렸다. 종아리가 파묻힐 만큼 눈이 쌓인 거리에서 그에게 말했다. 이제 서로를 포기하자고. 그가 전봇대를 주먹으로 꽝꽝 쳤다. 주먹에서는 피가 흘러내렸고, 그는 울었다. 남자가 그렇게 우는 모습을 본 건 그때가 처음이었다. '나 없이 살 수 있느냐'며 새빨간 피를 뚝뚝 떨어뜨리던 그의 모습과 피로 얼룩진 새하얀 눈길이 지금도 눈에 선하다. 우리는 길바닥에 앉아 서로를 끌어안고 울었다.

나는 마음을 독하게 먹고 그를 멀리했다. 새 직장을 얻었고, 술에 취해 의상실 앞에 있는 그를 피해 오빠 집에 가서 잤다. 그래도 너무 보고 싶으면 가끔 시장 안 골목에서 그를 훔쳐보다가 집으로 돌아왔다. 이런 나를 우리 집에서는 언니만 알았다. 어느 눈 내리는 밤에는 그 사람 집 앞에 서서 하염없이 울다 성북천을 따라 제기동까지 걸었다. 그러다 지독한 독감에 걸려 죽다 살아났다. 내가 유난히 앓았던 건 그해 지독히도 많이 내린 눈 때문인지도 모른다.

이듬해 정부가 특별법을 제정해 한시적으로 동성동본 사실혼 부부들의 혼인신고를 받아주었다. 당시에 그의 친구가 내게 찾아와 상황을 설명했지만, 내 머릿속에는 부속 가게 아주머니가 떠올랐다. 순하고 어진 얼굴에 어리던 단호한 표정. 아주머니에게 마음을 줘서 더 그랬는지, 다시는 그 표정을 마주하던 때로 돌아가고 싶지 않았다. 나는 고개를 돌렸다.

이후 나는 우여곡절 끝에 결혼해 아이 둘을 낳았다. 남편과 싸운 어느 날, 갑작스레 그가 보고 싶었다. 헤어진 지 5년이 지난 시점이었다. 연년생 아이 둘을 데리고 부속 가게로 갔지만, 이미 가게는 없어진 후였다. 무슨 생각에서인지 나는 돈암동에 있는 그의 이모 가게로 갔다. 그곳에서도 차마 그의 소식은 묻지 못했다. 대신 그의 여동생 친구라고 말하고는 오빠들은 장가를 갔느냐고 물었다. 아직 안 갔다는 소리를 듣는 순간, 마음이 묘했다. 우물쭈물하고 있는데, 가게 밖 저 멀리에서 그가 오고 있는 모습이 보였다. 놀란 나는 아이들을 끌고 옆 골목으로 몸을 피했다. 이모에게 무슨 말을 들었는지 헐레벌떡 가게를 뛰어나오는 그를 뒤로하고 택시를 잡아탔다. 내가 아이 둘을 데리고 여기까지 왔으리라고 그는 생각이나 했을까? 영문 모르는 아들의 표정을 보니 가슴이 벌렁거렸다. 왜 그랬을까? 정말 어쩌자고 그랬을까?

헤어진 그날, 하염없이 퍼붓던 눈과 길바닥에 피를 뚝뚝 흘리던 우리의 모습이 영화의 한 장면처럼 떠오른다, 칠순이 가까워오는 지금도.

* 시다는 일하는 이의 곁에서 그 일을 거드는 이를 가리키는 속어로, 일본어 시타바리(下張り)에서 유래되었다.

** 동성동본불혼은 동성동본 간의 혼인을 금하는 원칙이다. 1978년과 1988년, 1996년 동성동본 간의 혼인신고를 접수받는 특례법을 제정해 시행했다. 해당 법은 현재 폐지, 8촌 이내 혈족은 혼인할 수 없는 규정으로 개정되었다.

칼잡이 새댁

종갓집 맏며느리로 시집갔다. 2박 3일 짧은 신혼여행에서 돌아오자마자 첫 명절인 추석을 맞이했다. 넉넉잡아 스무 명쯤 올 거라는 시어머니 말씀만 믿고 명절 음식을 장만했다. 시어른들께 첫인사를 드리는 셈이라 정성을 다했다.

일주일 전부터 메뉴를 짰다. 우선 전부터 준비했다. 녹두전은 손이 많이 가니 미리 재료를 손질해 냉동고에 넣어두었다. 추석 전날에는 아침부터 호박전, 버섯전, 대구전, 꼬치전을 부치고 돼지기름을 둘러 녹두전을 부쳤다. 녹두전에는 숙주나물과 고사리나물, 돼지고기, 청홍 고추를 채 썰어 섞고, 위에 대파를 길게 얹었다. 젓가락으로 쉽게 집어 먹을 수 있게 대구전 크기에 맞춰 부쳤다. 채반에 종류별로 줄 세운 전이 보기만 해도 먹음직스러웠다. 새우와 오징어를 튀기고 오색 나물로 구색을 갖췄다. 손이 많이 가는 새꼬막과 잡채, 갈비까지 요리하고 나니 얼추 손님 맞을 준비가 되었다. 친정이 종갓집이어서 예전 기억을 되살리며 준비했다. 저녁에는 다 같이 둘러앉아 송편을 빚고 약식과 삼색 경단까지 만들었다.

추석 당일, 10시가 넘자 손님들이 손에 갓 잡은 생닭을 들고 집에 들어섰다. 아뿔사! 그 행렬이 끝이 없었다. 항렬을 따지는 첫인사로 밥상을 차릴 정신이 없었다. 신발이 마당까지 늘어섰고 방마다 손님이 꽉 찼다. 대문 앞에서 받아든 생닭이 열 마리가 넘어가니, 점심때가 다 되었다. 넉넉하게 한다고 한 음식이지만 손님 치르기에는 역부족이었다.

정신을 차리고 수돗가에 앉았다. 식칼로 닭을 치기 시작했다. 마당 한가운데 가마솥을 걸고 감자부터 껍질 벗겨 큼직하게 썰어 넣었다. 닭과 양파, 당근, 고추, 대파도 큼직큼직 썰어 넣었다. 집 간장에 마늘과 고추장과 고춧가루를 한 대접씩 넣었다. 참기름 반병을 들이붓고 나서 휘휘 젓고 장작불을 지폈다. 광에서 꺼내온 고구마는 수세미로 벅벅 씻어 껍질 채로 썰어서 튀김을 했다. 동서와 시동생까지 동원했다. 매캐한 연기도 잠시, 타닥거리는 소리와 함께 가마솥에서 김이 모락모락 나자 '냄새 죽인다'며 손님들은 점심을 재촉했다. 어머님도 무척 당황하셨지만, 내가 일하는 걸 보곤 대견하신지 싱글벙글 웃으셨다.

상차림은 그야말로 닭볶음탕이 메인이었다. 미리 해놓은 음식은 양적으로 곁다리 신세가 됐다. 갈비는 항렬 높으신 어르신들께 드리고, 새우튀김은 한 접시에 하나씩 올렸다. 앉을 자리가 없어 더러는 서서 기다렸다. 다 먹은 사람은 마당으로 내몰아 자리를 만들었다. 가마솥의 닭볶음탕이 바닥을 드러낼 때쯤 점심이 끝났다. 손님들이 한창 집안 소식에 떠들썩할 즈음, 신발을 세어봤다. 88, …… 99, …… 103.

전도 나물도 턱없이 모자랐던 그때, 그나마 김치라도 넉넉히 담지 않았으면 어쩔 뻔했나? 세월이 한참 지나 그때 그 친척들이 명절에 오시면 꼭 한마디씩 하는 말씀이 있었다. 그때 고구마튀김과 닭볶음탕은 정말 맛있었다고. 그런 맛은 전에도 후에도 먹어본 적이 없다고. 시장이 반찬이니 배가 많이 고파 맛있게 드셨겠지만, 갓 시집온 새댁이 그 많은 손님 치르느라 애썼다고 격려하는 말씀이기도 하리라. 나도 그날 그 닭볶음탕 남은 양념에 누룽지 비벼 시동생, 동서와 맛있게 먹은 기억이 난다. 살짝 탄 누룽지와 양념 찌꺼기가 이상하게 궁합이 맞았다.

지금 돌이켜보면 갓 시집온 새댁이 수돗가에 앉아 그 많은 닭을 향해 칼을 휘두르는 모습이 얼마나 끔찍했을까 싶다. 그래도 그 맛은 장작과 가마솥, 집에서 만든 간장, 그리고 오직 맛있게 해야겠다는 장손 며느리의 책임감과 지금은 맛볼 수 없는, 온기가 채 가시지 않은 닭의 육질이 만들어낸 것이었다. 그때는 명절날 닭집에서 닭을 바로 잡아주곤 했다.

시댁은 고향이 이북이라 10촌도 가까이 지냈다. 다행히 우리 집은 마당이 넓어 그 많은 손님을 치를 수 있었다. 명절마다 음식을 많이 하다 보면 힘들고 짜증 날 때도 있었다. 그러나 맛있게 드시고 가실 때, 어르신 손에 약식 한 덩어리, 전 몇 개 싸드릴 때 알 수 없는 충만감이 들었다. 종가 며느리만이 누릴 수 있는 넉넉한 마음에 참 행복했다.

부부, 그 이름의 다정함

요즘 인기리에 방영되는 JTBC 드라마 〈부부의 세계〉를 보고 있다. 누구나 꿈꾸는 행복한 가정생활은 쉽지 않다. 부부 십계명을 보자.

"화를 참고, 화가 나도 목소리를 낮추고, 눈 맞추며, 말실수하지 말고, 비교하지 말며, 아픈 곳을 긁지 말고, 분을 품고 침상에 들지 말며, 처음 사랑을 늘 기억하고, 갈등이 있어도 포기하지 말며, 숨기지 말고 정직하게, 부부는 하느님의 섭리임을 믿으라."

이 정도면 성인의 경지다. 그런데 이렇게 많은 것을 내려놓기 위해 결혼하는 사람이 있을까? 장밋빛 미래와 함께 시작하는 결혼이라는 계약은 끊임없이 상대방에게 바라고 실망하고 좌절하며 자신을 닦는 수행의 과정이라고 해도 과언이 아니다. 생각해보면 부부 십계명은 성경에 나오는 십계명보다 실천하기 더 어렵다. 그러나 부부가 동등한 관계 이상을 원하는 한 부부 십계명을 조정하기도 힘들다. 부부가 함께 생활하며 겪는 세세한 부딪힘과 해결책 역시 사람마다 다르니, 정답도 없다.

한시도 떨어지기 싫어 결혼하는 사람도 있고, 나이가 차니 떠밀려서 적당한 조건을 찾아 하는 결혼도 있다. 요즘은 달라졌다고 하나 아직까지 기성세대들은 특정 나이대에 혼기라는 경계선을 쳐놓고 미혼의 자녀들을 옥죈다. 이런 환경에서 벗어나려는 움직임으로 청년 1인 가구가 늘어나고 있다. 강요에 의해 결혼하는 경우도 있는데, 결말이 좋지 않을 것 같지만 꼭 그렇지도 않다. 한시도 떨어지기 싫어 한 결혼이 평탄한 것만도 아니다. 사람들은 보통 사랑과 집착 사이에서 길을 잃는다. 김대규 시인의 에세이 《사랑과 인생의 아포리즘 999》에서 말하는 사랑의 십계명은 어떤가.

"계산하지 말고, 후회하지 말며, 되돌려 받으려 하지 말고, 조건을 달지 말며, 다짐하지 말고, 기대하지 말며, 의심하지 말고, 비교하지 말며, 확인하지 말고, 운명에 맡겨라."

보통 사람이 할 수 있는 일이 아니다. 한창 사랑할 때는

다 지킬 수 있을 것 같아도 막상 살다 보면 하나도 지키기 어렵다. '내가 왜 그래야 해?'라는 생각이 들 정도로 완전 손해 보는 장사이기 때문이다. 사랑은 상대의 치부까지도 안아줄 때 완전해지나, 살아갈수록 상대의 장점이 역으로 결점이 되는 경우가 왕왕 있다. 서로 팽팽하게 대립하면 각자의 셈법으로 계산하기 시작한다. 너와 나의 접점이 증오와 실망으로 바뀌는 것은 한순간이다.

상대방을 위해 부단히 노력하고 희생하는 자만이 그 사랑을 유지할 수 있다. 사랑은 져주는 것이다. 생각해보라. 인간의 사랑 중에 가장 으뜸은 자식 사랑이다. 부모는 끝없이 자식에게 져준다. 지고 싶지 않아도 져줄 수밖에 없다. 그래서 "자식 이기는 부모 없다"는 말도 생겼다. 타인 간의 사랑이 이 경지에 이르기는 어렵지 않을까? 적어도 부부 사이에 사랑이 식지 않으려면 끊임없이 노력하고 인내하고 칭찬하고 나를 버리는 일을 서슴지 않아야 한다.

〈부부의 세계〉 속 부부들의 갈등은 상대방을 굴복시키기 위한 자존심 싸움처럼 보인다. 자존심과 자존감은 얼핏 비슷한 단어처럼 느껴지지만, 그렇지 않다. 자존심이 타인과의 경쟁 속에서 자신을 지키려는 마음이라면, 자존감은 타인과의 경쟁과 상관없이 평소 자신의 존재감을 스스로 높게 인정하는 마음이다. 자존감이 부족한 사람은 자존심도 쉽게 상하고, 사소한 일에도 자존심을 내세워 극단적으로 행동하는 경우가 많다. 스스로 상처를 만들기도 한다. 반면 자존감이 높은 사람은 자존심에 목숨을 걸지 않는다. 자존감은 자신이 살아온 환경과 주변 사람들과의 관계 속에서 형성된다. 따라서 현재의 신분에 크게 영향받지 않는다. 지위와 상관없이 자신의 삶에 긍정적인 사람들을 살펴보면 원만한 가정에서 자랐거나 사랑을 많이 받으며 성장한 경우가 많다. 또한 자존감과 행복지수는 비례한다. 많은 형제들과 어울려 가난하게 살았어도 행복하다고 느끼는 사람은 자존감이 높다. 같은 환경에서 같이 자랐어도 각자 성향에 따라 자존감에 차이가 난다.

부부 사이에 자존심 싸움은 백해무익하다. 본인들도 상처 받지만 자녀들에게는 치명적이다. 〈부부의 세계〉로 돌아가 보자. 주인공 지선우(김희애 분)는 의사라는, 사회적으로 남부럽지 않은 직업군에 잘생긴 아들까지 있다. 그러나 남편의 바람이 회오리를 몰고 온다. 그는 복수하려고 불법을 저지르는 일도 불사한 끝에 이혼하고 남편을 빈털터리로 만든다. 그러나 남편은 상대 여자의 재력으로 오히려 떵떵거리며 산다. 이혼 후에도 부부 싸움은 복수전으로 치닫는다. 그 와중에 아들은 혼란스러움에 빠진다. '쿨하게 헤어진다'는 말이 한동안 유행이었지만 이혼은 해당 사항이 아니다. 설사 부부가 쿨하게 이혼한다 하더라도 자녀들은 쿨할 수 없기 때문이다. 그렇다고 져주는 것만이 능사는 아니다. 가정을 지키기 위해 피눈물나게 참고 사는 분들이 많은데 불행히도 자녀들의 자존감에 안 좋은 영향을 줄 수 있다.

〈부부의 세계〉의 인물들은 복수전을 펼치면서 경제적 약자가 되지 않으려고 자존심과 자존감 다 버리고 분투한다. 그러다 결국 서로의 원수가 된다. '쩐의 전쟁'은 어떤 경우에도 치졸하고 처절하다. 재벌들의 이혼 과정을 봐도 그렇다. 그러나 〈부부의 세계〉의 결말처럼 돈이 다는 아니다. 우리가 살아가는 데는 가족과 함께한 따뜻한 식사의 기억과 어떤 장소에서의 특별한 추억, 일상생활에서 나눈 정감 있는 대화와 안락한 잠자리, 부드러운 스킨십 등에 대한 그리움이 있다. 가족 구성원들이 나눈 추억과 기억이 있다. 생각지 못한 지점에서 문득문득 떠오르는 어떤 장면, 풍경, 취향, 냄새 등도 있다. 좋은 기억도 끔찍한 기억도 있지만, 헤어진다고 해서 같이한 그 시간이 다 잊히는 것은 아니다. 살아가는 동안 문득 그때가 그리워지기도 한다. 원수처럼 헤어져도 이혼은 끝이 아니라 시작이다. 함께한 날들에 대한 그리움, 혼자라는 이유로 오는 불이익과 외로움 등 또 다른 갈등이 시작된다. 이혼 후 자녀들과 겪는 갈등 또한 부모의 몫이다. 자녀들에게 이혼은 어떤 경우에도 떳떳할 수 없다. 자녀들 교육에 복잡한 문제가 생기고, 그 문제는 난해하기만 하다.

부부, 한없이 다정하게 발음하는 단어다. 그러나 어느 순간 돌아보기조차 싫은 단어가 될 수 있다. 이건 비극이다. 물론 희생으로 지켜내던 윗세대의 가족 형태가 무조건 옳은 건 아니다. 게다가 이혼은 이제 사회적으로 특별한 경우가 되지도 않는다. 서로 안 맞는 결혼 생활로 인생을 불행하게 사는 것보다는 이혼을 택할 수도 있다. 처음과 같은 마음으로 살지는 못하더라도 잘 살아보고자 노력하는 것만큼 잘 헤어지는 것도 중요하다. 헤어진 후에도 서로를 존중과 배려의 시선으로 보아야 한다. 나도 귀하고 너도 귀한 그 관계를 유지하는 것이다. 이혼이 결혼의 끝이 아니기 때문이다. 특히 자녀가 있으면 더더욱 무 자르듯이 끝낼 수 없다. 살아서도, 아니 죽어서도 부모와 자식의 관계는 끝나지 않는다.

부부, 얼마나 사랑스런 단어인가! 한때 서로 애지중지 사랑했던 기억을 일부러 평가 절하해서 자존감을 낮추지 말자. 좋은 기억은 늘 추억하고, 나쁜 기억을 통해 자신의 부족했던 부분들을 보완해 나가며 새로운 관계를 맺는다면 어떨까? 그렇게 된다면 헤어진 가족 사이라는 새로운 관계 또한 한 걸음 더 성숙해질 수 있지 않을까? 관계를 맺는 순간 사람과 사람 사이에는 보이지 않는 끈이 놓인다. 그 끈은 죽어도 끝나지 않는다. 인연은 사람의 힘으로 이루어지는 것이 아니기 때문이다.

17년이 지났는데도 이혼은 여전히 내게 실감 나지 않는 불행이다. 경제적 어려움보다 심리적 어려움 때문에 늘 두려움에 떤다. 서툴게 이혼했기 때문이다. 이혼의 과정에서 서로 이기려고 집착한 결과다. 살면서 거리 두기를 잘못해 싸웠던 것처럼, 헤어지면서 적당한 거리 조절에 실패한 이혼은 서로에게 깊은 상처를 남긴다. 그 상처의 빚은 특히 자녀들과의 관계에서 언제 어떤 형태로든 또 다른 갈등으로 떠오른다. 〈부부의 세계〉 속 부부의 미성숙한 태도가 자녀에겐 엄청난 충격을 주었던 것처럼. 부도 모도 자식 앞에서는 어른이어야 한다. 나이만 어른이 아니라 진정한 어른 말이다.

이별을 위한 만남

수녀원에 입회한 딸이 8개월 만에 첫 휴가를 나왔을 때다. 오랜만에 같이 하고 싶은 것이 많았다. 손잡고 여행도 가고 싶고, 영화도 같이 보고 싶고, 맛있는 음식을 찾아다니다 들어간 음식점에서 즐거운 식사도 나누고 싶고……. 나 혼자 빡빡한 휴가 계획을 짜면서 딸을 기다렸다.

휴가 날, 꽃다발을 들고 수녀원 담장에 기대서서 딸을 기다렸다. 애인을 기다리는 사람처럼 심장이 두근거렸다. 수녀원의 철문이 열리고 지도 수녀님 뒤로 다섯 명의 아기 수녀들이 똑같은 머리에 똑같은 옷을 입고 병아리처럼 졸랑졸랑 따라 나왔다. 지도 수녀님께 가져간 꽃다발을 전하며 인사드렸다.

"그동안 맡아주셔서 감사합니다."

"별말씀을요. 그동안 베로니카 많이 보고 싶으셨죠? 아주

보내주는 거 아니니 잘 보살폈다 돌려주세요."

우리가 살면서 겪는 이별 중 가장 극복하기 힘든 게 자식과의 이별이다. 2년 전 어느 날, 피아노 레슨을 마치고 귀가한 딸이 할 말이 있다며 나를 불렀다. 딸이 수녀원에 입회하겠노라고 했을 때 나는 속으로 '드디어 올 것이 왔구나' 싶었다. 유아세례를 받고 중학생 때부터 꾸준히 성소자* 모임에 나갔던 딸이 수녀원에 입회하는 것은 너무나 자연스러운 일이었다. 대학을 졸업하고 바로 수녀원에 입회하겠다는 것을 3년 후에 가라고 말렸다. 아직 세상 물정을 몰라 수녀원 생활에 어려움이 있을지 모르니 짧게나마 사회 경험을 해보고 떠나라는 뜻이었다. 약속한 3년이 다 됐을 때, 딸이 수녀원에 가는 걸 막을 이유는 없었다. 11월 입회와 2월 입회가 같은 기수라며 언제를 택할까 딸이 고민할 때도 난 서슴없이 11월을 추천했다. 이왕 갈 거면 하루라도 먼저 가서 자리를 잡는 게 좋을 것 같다고 말이다. 딸이 수녀원에 입회하던 날, 나는 세상의 남자 하나 마음에 들지 않아 가장 높은 곳에서 사위를 맞았다고 호기를 부렸다.

입회를 며칠 앞둔 어느 날, 소속되어 있던 가톨릭찬양사도단 '이노주사'의 공연 도중 딸이 갑자기 울음을 터트리더니 멈추지 못했다. 대학 졸업 후 성악을 하고 싶다더니 6개월 레슨을 받고 음대에 편입한 딸이었다. 이전 대학에서 전체 수석으로 졸업한 성적이 참작되었겠지만, 성악과는 전혀 다른 전공이라 음대 편입은 기적과도 같이 느껴졌다. 딸은 음대를 졸업하며 차석을 차지했고, 졸업생 대표로 졸업장을 받았다. 그리고 수녀원에 입회할 즈음에는 이노주사 활동을 하며 전국의 성당과 청년단체, 교도소 등에서 활발히 공연을 하고 있었다. 자신이 하고 싶던 음악 활동을 중단하고 수녀원 입회를 결심하기까지 많이 힘들었을 딸을 생각하니 가슴이 미어졌다. 어렵게 시작한 음악에 대한 열정을 알기에 더 그러했다.

오랜만에 딸과 마주하니 수녀원에 입회할 때 바이올린을 챙겨간 게 생각났다. 딸에게 바이올린 연습은 잘하고 있냐고 물었다. 노래는 미사 중 성가 부르는 것 외에 마음껏 부를 기회가 없고, 바이올린은 일주일에 한 시간씩 주어지는 자유 시간에 연주하지만 별 불만은 없단다. 나를 안심시키려 하는 말인 게 뻔히 보였다. 이마저 모른 척할 수밖에 없는 게 수도자 어미의 사명이니 어쩌랴. 딸이 샤워하면서 예전의 습관처럼 아리아를 목청껏 불러댔다. 청량한 목소리를 들으니 '저 하고 싶은 거 하고 살게 할걸. 수녀원에는 못 가게 할걸' 하는 일말의 후회가 밀려왔다.

딸의 휴가는 열흘로 짧았다. 입회 전날까지 레슨을 하다 가서 인사를 못 드리고 간 곳을 돌고 나니 내가 짜 놓은 스케줄은 하나도 지켜지지 않았다. 입회 때는 설레는 마음으로 딸을 보냈는데, 열흘을 함께 지내고 나니 다시 수녀원으로 돌려보내기가 싫어졌다. 입회 전에도 공연 때문에 집을 자주 비웠지만, 이렇게 오랫동안 보지 못한 건 처음이었으니까.

마지막 날 밤, 잠든 딸아이를 보니 마음이 산란해 잠이 오지 않았다. 밤새 꿈속에서 딸의 변심을 부추기다 깨어나니 차마 딸과 눈을 맞출 수 없었다.

"엄마, 나 이제 가면 2년 동안 못 오는 거 알지?"

어미의 음흉한 속내를 들켰는가 싶었다. 붉어진 얼굴을 감추려 얼른 고개를 돌렸다. 꿈은 꿈이니 이제 또 떨어져 마음을 맞춰야 할 시간이었다. 마음 비운다는 것은 믿는다는 것. 믿음이 없다면 어찌 마음을 비울 수 있으랴. 딸이 세상의 등불이 될 수 있도록 마음으로 기도하는 것이 나의 의무다. 나는 일부러 명랑함을 가장했다.

"다음에 오면 비행기 타고 제주도 가자. 수영도 하고, 네가 좋아하는 KFC 가서 닭튀김도 먹고, 샐러드 바에 가서 샐러드로 배 꽉 채우자. 참, 매운 낙지 떡볶이도 해줄게."

어미를 딱하게 바라보던 딸이 미안하다는 듯 말했다.

"근데 엄마, 비행기는 규칙상 허락을 받아야 하고, 매운 거는 안 먹어 버릇해서 설사하면 어쩌지? 닭고기는 수녀원에서도 자주 해주셔. 수녀가 수영을? 샐러드 바, 아! 이거 좋다. 다음 말고 오늘 이거 먹자."

우리 모녀는 아침을 거르고 수원 집 근처에 있는 아일랜드 샐러드 바에 갔다. 두 시간 동안 갖가지 맛난 음식을 천천히 음미하고 담소를 나누며 호사를 부렸다. 그다음 딸은 서울 수녀원으로, 나는 몸이 불편한 친구가 세례 받는 날이라 휠체어를 밀어주기로 해서 평창에 있는 대화성당으로 향했다.

그 후로 2년이 지났다. 이제 보름만 있으면 딸이 온다. 벌써부터 밤잠을 설친다. 만나기 전 기대감은 이렇듯 애틋하고 황홀하지만, 정작 떠나보내야 할 때가 오면 …… 이번에는 좀 더 성숙해져야 한다. 이별을 위한 만남이 아닌, 만남을 위한 이별을 준비해야겠다. 딸이 자신을 필요로 하는 많은 사람을 만나 그들의 등불이 될 수 있다면, 내가 비워야 하리라. 수도자의 부모도 반 수도자라고 하지 않나. 이별도 만남도 다 비우리라.

* 성소자란 '거룩한 부르심을 받은 자'라는 뜻이다. 즉, 하느님의 부르심을 받아 세상에 복음을 전하고 예수 그리스도의 삶을 따르기 위해 신학교 입학이나 수도회 입회 등을 준비하는 사람을 말한다.

우리 막둥이 삼촌

작은아버지가 돌아가셨다. 아니, 막둥이 삼촌이 돌아가셨다고 해야 옳겠다. 큰오빠와 한 살 차이인 삼촌은 우리와 함께 자랐다. 한국전쟁 때 할아버지와 할머니, 아버지가 모두 돌아가셔서 삼촌은 아홉 살에 고아가 됐고, 나는 유복자로 태어났다. 어머니는 우리 5남매와 시동생 둘을 같이 키웠다. 삼촌은 늘 나를 '우리 막둥이'라고 불렀다. 내 나이가 일흔을 바라보고 있는 최근까지도 그랬다. 어머니도 삼촌을 부를 때 '막둥이 삼촌'이라고 불렀다. 나는 막둥이라는 애칭이 참 좋다. 삼촌은 '우리 막둥이' 하며 잇몸을 보이고 하회탈처럼 웃었다. 그러고 나서는 언제나 내 엉덩이와 등을 마구 두드렸고, 나도 덩달아 팔짝팔짝 뛰며 난리 법석을 떨었다. 숙모는 정신 사납고 유난스럽다며 핀잔을 놓곤 했다.

삼촌이 암에 걸렸다는 소식을 듣고 병원에 갔을 때도 삼촌은 눈물을 흘리시며 늘 그랬듯 “우리 막둥이 왔구나” 하고 내 등을 두드려주었다. 목이 멘 삼촌 앞에서 나는 일부러 명랑한 척 어리광을 부렸고, 삼촌은 객쩍은 농담으로 속엣말을 감춘 채 아무렇지 않은 척했다. 병원을 나오다 삼촌이 입맛이 없다 하시던 생각이 났다. 전복죽 2인분을 사다 드리고 돌아오면서 마음이 참 스산했다. 배움이 짧아 평생 한 노동으로 몸이 쉬이 망가졌다 생각하니 마음이 아팠다.

삼촌은 원래가 호탕한 성격이라 말투도 행동도 거침이 없어 때로는 적을 만들기도 했지만, 누구보다 사랑이 참 많았다. 똑같은 환경에서 자랐지만 오빠들은 어머니가 계셨다. 삼촌은 부모가 없었으니 마음 기댈 곳도 없었으리라. 부모 없이 형수 손에 자란 삼촌은 막내임에도 집안 대소사에 앞장섰다. 심성이 곧고 사랑이 많았기 때문이다. 누구의 시선 따위에 흔들리지 않고 자기 생각에 올바르다고 여기면 그에 충실히 따랐다. 나는 안다, 결핍이 사람을 망치기도 하지만 성장시키기도 한다는 걸.

코로나가 극성을 부리는 시기에 삼촌의 부음이 들려왔다. 주변에서 장례식장에 가지 말라고 말렸다. 각종 질환이 있는 내게 다들 그냥 마음으로 애도하라고 충고했다. '가고 싶다'와 '가면 안 된다' 사이에서 갈등하면서도 내 마음은 이미 삼촌한테 가 있었다. 하루를 뜬눈으로 새운 나는 삼촌의 빈소로 달려갔다. 예상한 대로 빈소는 썰렁했다. 20년 만에 만난 조카들은 낯익은 듯 낯설었다. 조카들도 나이 마흔을 넘기고 흰머리가 생기니 얼굴을 알아보기가 힘들었다.

내가 이혼을 하고 삼촌을 뵈었을 때, 삼촌은 울음을 가득 삼켜 빵빵해진 볼로 "괜찮으냐?" 그 한마디밖에 하지 못했다. 남편과 삼촌은 죽이 잘 맞아서 자주 함께 놀러 다녔다. 집수리도 삼촌이 다 해줬다. 집에 문제가 생기면 삼촌부터 찾았다. 그러니 마음이 더 안 좋았을 거다. 삼촌 가슴에 우물 하나가 보였다. 거기에 두레박질을 해버린 나는 참 못난 조카였다. 숙모가 화장실 간 사이 양말 뒤축에서 돈을 꺼내더니 내 손아귀에 꼭 쥐어주었다.

"미안하다, 삼촌이 이거밖에 못 줘서."

사양할 새도 없이 벌떡 일어나서 방을 나가는 삼촌에게 나는 아무말도 하지 못했다. 마음 같아서는 삼촌을 붙들고 울고 싶었지만, 또 다시 삼촌 가슴에 두레박질하기엔 내 나이가 너무 많았다.

돌아가시면서도 삼촌은 그동안 소원했던 가족들을 한데 모이게 했다. 삼촌은 늘 그랬다. 경조사를 비롯해 누가 아프거나 결혼을 하고 어느 집에 문제가 생길 때면 삼촌은 연락병 노릇을 하며 우리 집안의 중심이 되었다. 어머니 칠순도, 어머니 장례도 삼촌이 앞장섰다. 삼촌은 어머니를 자신의 어머니로 여겼다. 오다가다 들러서 객쩍은 소리로 어머니 기쁨조 노릇도 톡톡히 했다. 삼촌이 있는 곳은 언제나 시끌벅적했다. 삼촌은 마당발이자 이씨 집안의 사발통문이었다. 어디를 가나 주인이었고, 어디를 가나 손님인 삼촌. 참 많이도 외로워했던 삼촌은 그 외로움을 관계 속에서 풀었나 보다. 못 배우고 없이 살아서 더 열심히 살고, 사랑에 굶주려 사랑을 뿌리고 간 삼촌! 부모 사랑받을 새 없이 일찍 혼자되었기에 삼촌은 기 쓰고 사람과의 관계를 열심히 맺지 않았을까 하는 생각이 든다.

결핍과 사랑, 언뜻 보면 어울리지 않는 단어다. 사랑의 결핍 속에 산 사람은 사랑할 줄 모른다는 게 일반론이다. 사랑을 받지 못한 사람은 이기적인 사람이 된다고도 한다. 하지만 딱히 그렇지만도 않다. 나는 바로 그 결핍으로 인해 사랑을 실천하는 경우를 많이 보아왔다. 내가 부족했기 때문에 누군가에게 부족한 것을 채워주고자 하는 인류애는 역사에서 많이 찾아볼 수 있다. 어린 나이에 어머니를 잃고 큰누나의 손에서 자란 헤르만 그마이너(Hermann Gmeiner, 1919~1986)는 가정 형태의 양육환경을 제공하는 SOS어린이마을을 만들었다. 제2차 세계대전에 참전한 그는 전쟁이 끝난 후에도 전쟁고아와 집 없는 아이들이 고통 받는 것을 보고는 1949년 오스트리아 임스트에 복지시설 SOS어린이마을을 조직했다. SOS어린이마을은 현재 국제민간사회복지기구로 발전해 137개의 국가와 지역에서 활동하고 있다. 헤르만 그마이너는 비록 어머니 없이 자랐지만 평생을 바쳐 전 세계 고아들에게 가정을 만들어 주며 고아들의 아버지가 되었다.

내겐 아버지 대신 삼촌이 있다. 삼촌은 내게 처음으로 부정을 나눠준 사람이다. 물론 오라버니도 두 분 계시지만, 나를 '막둥아'라고 부르며 엉덩이 두드려준 분은 이 세상에 삼촌 하나뿐이다. 삼촌은 초등학교도 다 마치지 못했지만, 누구보다 열심히 노력해 집도 사고 자식들 공부도 남들만큼 시켰다. 기억나는 일이 있다. 내가 중학교에 입학할 때 집안 사정이 많이 어려웠다. 그때 삼촌은 월남전에 참전하여 받은 월급으로 내 교복을 맞춰줬다. 이제 삼촌은 없지만 삼촌의 정겨운 목소리와 손길은 내가 살아 있는 한 평생 내 안에 생생히 남아 있을 것이다.

삼촌을 마지막으로 본 건 삼촌의 집에서였다. 삼촌은 통증에 시달리고 계셨다. 작년 초겨울 병원에 입원한 삼촌에게 다녀오고 한 달쯤 지나서였다. 마음이 아리다. 좀 더 자주 찾아뵙지 못한 게 후회로 남는다. 요즈음 생활이 어려워져 자괴감에 빠진 나는 세상만사 다 귀찮고 마음이 우울하다. 친구들도 다 끊고 은둔 생활을 하려고 했는데……. 아니다. 마음을 바꿔먹었다. 나도 삼촌처럼 다시 누군가의 어깨든 엉덩이든 마음이든 두드리러 가야겠다.

나의 삶 나의 문학

내가 쉰넷의 나이에 대학을 간다고 하니 나를 아는 이들 모두가 고개를 끄덕이면서도 속으로는 코웃음 쳤다. 더구나 미디어문예창작과라 하니, 젊은 애들이나 하는 게 아니냐며 이상한 사람 취급했다.

내가 태어난 해는 1953년, 한국전쟁이 막바지에 이르렀을 때다. 참전병이던 아버지는 어머니 배 속에 내가 생겨난 줄도 모르고 전사하셨다. 나는 태어나 아버지 얼굴을 한 번도 보지 못했다. 아버지가 안 계시니 학교에 다니는 것만도 감지덕지했다. 책을 사서 본다는 건 감히 상상도 못할 일이었다.

항상 책이 고파 이 집 저 집 돌아다니며 슬며시 도둑 독서를 했다. 친구 집 재래식 화장실에 앉아 철 지난 만화책이나 주간지, 오래되어 너덜거리는 단행본을 읽었다. 악취에 코를 쥐어잡고 헉헉대며 목이 아리도록 숨을 몰아쉬던 기억이 난다. 친구 집에서 눈치 보며 읽던 《죄와 벌》은 왜 책장을 넘기고 넘겨도 끝이 없는지……. 책 한 권 다 볼 욕심에 저녁상이 들어온 친구 방 귀퉁이에 쪼그리고 앉아 꼬르륵거리는 소리에도 아랑곳하지 않고 정신없이 책을 읽었다. 보다 못한 친구 어머니가 집에 가져가 보라 하셨다. 밤을 꼴딱 새워 다 읽고 새벽 댓바람에 밥하러 나온 친구 엄마에게 책을 돌려주며 머릿속으로는 또 다른 책을 빌리고 있었다. 내 생각은 적중해서 그 친구 집에 있는 몇 권의 책을 더 빌려볼 수 있었다. 《제인 에어》, 《폭풍의 언덕》, 《니체 전집》을 탐독하며 주인공과 함께 슬퍼하고 고민했다. 《니체 전집》은 후일 내가 신앙을 갖게 된 바탕이 되었다. 솔직히 무슨 뜻인지도 모르고 무조건 책이기에 읽으려는 욕심을 낸 것이었지만 말이다.

여고를 졸업하고 내 손으로 돈을 벌기 시작한 뒤로 월급의 10퍼센트는 책 구입에 썼다. 아쉽게도 그즈음 시작한 신앙생활로 초반 4년 정도는 주로 신앙 서적을 사보았다. 다행히 그 책들에 삶의 진정성을 고찰하는 좋은 길들이 있었기에 지금의 내가 있다고 생각한다.

결혼 생활이 대개 그러하듯 나도 시어른들과 대가족을

이끌며 사느라 책하고 담을 쌓게 되었다. 아이들 교육에 집중하느라 점점 뒤떨어지는 자신을 의식조차 하지 못하고 살았다. 뒤늦게 용기를 내 대학이라는 곳에 들어가 낄 데 안 낄 데 가리지 않고 분주하게 지냈다.

고단한 세상살이에 누구의 삶이 시가 아니며, 누구의 삶이 수필이 아니며, 누구의 삶이 소설이 아니겠는가? 사람의 생김이 다 다르듯 삶의 형태도 다 다르다. 각기 다른 삶을 엿보는 게 문학이 아닐까. 이제 쉰 중반에 들어서며 내 안의 이야기를 풀어보겠다고 여기 이렇게 달려나가고 있다.

시 나와라, 뚝딱. 수필 나와라, 뚝딱. 소설 나와라, 뚝딱. 뚝딱, 뚝딱.

하고 싶은 말이 가슴속에서 제멋대로 찧고 까부른다. 혼자 품기 아까운 삶의 이야기를 토해내고 싶은 열망으로 오늘도 머릿속은 바쁘다. 그것이 시로, 수필로, 소설로 녹아나기를 기대한다. 나의 문학은 이제부터 시작이다. 지금까지 살아오면서 쌓아온 수많은 경험은 젊음으로 살 수 없는 밑천이 되리니. 오늘은 단어 하나 문장 하나 끌어내지 못하고 끙끙거릴지라도, 어느 날 문득 진한 가래 뱉어내듯 내 안에서 곰삭은 상처가 툭 튀어나오리라. 고단한 삶의 끄트머리에서 나를 치유

하는 시원한 은단 향으로 피어나리라. 비록 좋은 작품으로 평가받지 못할지라도 그것은 분명 펄떡이는 내 삶이요, 행복이다. 그러니 나의 글은, 영원히 헤쳐나가야 할 내 인생 바다에 띄우는 마지막 돛단배가 되리라.

2부

내 인생에 가장 큰 선물

순분할매 바람났네

강원도 평창에 잠시 살 때다. 이웃에 사는 할머니는 가끔 우리 집에 놀러 와서 아무 말도 없이 앉았다 가곤 했다. 할머니도 나도 귀가 잘 안 들린다는 공통점으로 우리는 친구가 되었다. 어느 날, 할머니가 옥수수를 쪄서 가지고 오더니 뭔가 말을 꺼낼 듯 말 듯했다. 하실 말씀이 있는가 보았다. 한참 뜸을 들이던 할머니가 입을 열었다.

"내 오늘은 밍구스런 야그 보따리를 풀러 왔응이. 서울 아지매, 내 야그 듣고 웃지 마소."

그렇게 시작한 이야기는 한 편의 장편소설이었다.

"내 열일곱에 시집와 스물서이에 냄편을 잃었제. 기골이 장대한 신랑은 힘이 장사였댔어. 얼굴도 이레 넙데데하니 잘 생겼고 가심이 이만큼 널버서 아아 둘을 단번에 안었응이. 우리 냄편과 같이 나가몬 온 동네가 다 내 꺼 같았으이. 어느 여름날, 머리가 뜨근뜨근허이 찐 감자처럼 뜨겁던 날, 밭에 나가 일하던 철이 아배가 논에서 일하다 쓰러졌다며 동네 남정네 넷이 가마이에 떠메고 왔데. 식은땀을 계속 흘리는데도 워낙 건강한 사람이라 별스럽지 않게 생각했지비. 저녁밥을 해 멕이려니 머리도 못 들고 도리질을 치드라구. 아아들 저녁을 멕이고, 냄편 이마를 만져보이 불댕이 같어. 수건을 적셔 머리에 얹고 다리를 주무르는데 정신을 못 차리드라구. 갑자기 온몸에 경련을 일으키드망 조용해지데. 순식간이라 어찌 해보지도 몬하고 무서버서 정신없이 이장 집에 뛰어가 주저앉아 울어버렸제. 병원에 가보지도 몬하고 숨이 끊어졌어. 그르케 가부렀어. 그르케 쉬이 가기도 쉽지 않을망. 붙어먹을 땅 한 뙈기 없는 헹펜에 장사고 뭐고 거적데기에 둘둘 말아 방축골 올라가는 언덕 가에 묻었지. 그기 다야. 사람 가는 게 그케 허망하데."

할머니는 숨이 찬지 한참 숨을 골랐다.

"인자 생각해보이 땡볕에서 종일 소같이 일하고 먹는 게 시원치 않았으이 어지럼병에 걸렸든 게지. 일 치르고 나이 급살 병이라고 동네 사람들 쑥떡거리드망. 착해서 일밖에 모르는 이가 급살 맞을 일이 뭬 있다고, 쯧쯧. 남에 말이라고 쉽게 하더망."

할머니 입가에 흰 거품이 일었다. 나는 조용히 일어나 물 한 잔을 내어드렸다. 할머니는 눈물을 양손으로 닦더니 물을 단숨에 들이켰다. 아직도 신랑 모습이 선하다며 수줍게 웃는 할머니. 웃음이 갓 시집온 새댁처럼 곱다.

"스물서이에 아아 둘 데불고 혼자 되이 막막하더이. 그래도 아아들 밥은 멕여야 하이 이 집 저 집 닥치는 대로 품을 팔았제. 황소같이 일하던 아배가 벌어들이던 삯하곤 댈 게 아니제망. 여름부터 가을까정은 여기저기 길가에 콩이니 옥수수니 심거논 거 먹고 나물도 뜯어 먹고 그리 견뎌냈등마. 겨울까정은 이 집 저 집서 주는 쌀겨며 보리며 강냉이 얻어다 죽 쒀 먹고, 그나마 쉬이 견뎠제. 여기는 1년의 반이 겨울인 게라. 봄이 오면 너도나도 굶으이 어데가 꿈질할 헹펜도 못 됐제. 산에 가 산나물도 뜯고, 고사리도 꺾고, 취나물도 뜯고, 가끔 더덕이며 도라지도 캐어 팔아먹기도 하고. 그란데 먹지도 몬하고 산 타는 게 너무 힘들어 나가 쓰러지겠드망. 암만 생각해도 살 길이 망망하데. 며칠 물로 배를 채우다가 쥐약을 준비했제. 철이가 다섯 살이였드나. 그늠아가 뭔 낌새를 챘는지 도망을 가

드라구. 죽는 것도 마음대로 안 된다 하고 있는데 옆집 아지매가 슬쩍 '어데 시집갈 텐가' 하고 묻더라구. '아아를 둘씩 데불고 오대로 시집을 간데요' 하고 벌컥 화를 냈제. 그라고 생각해봉게 아아들이나 나나 꼼짝없이 굶어 죽게 생겼드라고. 그담 날 옆집 아지매를 찾아갔제. 차마 말을 못 끄내고 있둥마 옆집 아지매가 눈치를 채고 산 너머 아 못 낳는 김가네 야그를 했제. 시집가는 건 아이고 아만 하나 놓아달라는 거라. 내 아아들 눈치 안 보이고 키울랑가 싶어 일을 저지릉이. 서로 모르는 게 좋다고 어드메 사는지도 모르고 날을 받아서리. 서너 번 합방으로 아를 가졌제. 그래도 애기집은 쓸 만혔등가벼, 쯔쯔."

부끄러움에 고개를 점점 숙이는 할머니의 거친 손을 맞잡았다. 아니라고, 그때는 다 그렇게 어려운 시절이었다고 고개를 주억거리며 말했다. 할머니가 내 무릎을 툭툭 쳤다.

"그려, 시작한 김에 오늘 다 야그해뻬리지. 머, 나가 언제 이 야그를 어디 가서 하겠응이?"

할머니가 이야기를 이어갔다.

"동네 사람들 다 잠든 깊은 밤에 와서 합방하고 새벽녘에 돌아가는 남정네가 고맙기도 하고 죽은 아아들 아배한테 밍구스럽기도 하고 그랬제. 어쩌거나 어린 것들 목구멍은 자꾸 뭐시든 들어오라 카고. 아들 낳아주면 밭 오백 평을 띠 주겠다 하니, 그기 어디여. 낳아보니 아들이여. 아들을 낳아 삼칠일 만에 데려가더이. 쌀 한 가마이 주고 차일피일 하더이 한 달 만에 아를 도로 데리고 왔드라고. 여자가 아를 받어디릴 수 없으이, 키울 수가 없으이 나보고 키우라 카믄서. 허어허어, 참나. 그러고 남정네는 내삐베리고. 정신 차리고 수소문하이 이미 이사를 했다능 기야. 야아, 참, 내가 낳은 새끼니 우짜겠으이. 젖을 물리니 아구같이 빨데. 이것도 다 내가 지은 업보려니 했제. 먹응 게 없으이 젖도 말라삐틀어졌능가. 젖꼭지가 맨날 헐어 피가 났제. 내 배 아파 낳았으이 버릴 수도 없구. 아만 하나 더 생겨버렸으이. 이런 팔자가 오데가 있겠으. 동네 사람들은 서방도 없는 년이 아를 낳았다고 쑥덕거리고. 옆집 아지매는 일부러 우리 집을 피해 다니등마. 애들이 커 가니께 먹는 것도 겁났어. 아 셋을 데불고 남의 집 식모 살다 쓰러졌제. 그땐 종일 밭일 집안일 다해줘도 애들이랑 나 밥 멕여주는 걸로 하느님 했거등. 그래도 짬짬이 가마이도 짜고 남의 밭도 눈치껏 매고 몸을 황소처럼 부렸어. 이 집 저 집서 푸성귀며 보리쌀이며 보태주는 이웃이 있어 죽지 않고 살았으이. 참으러 질깅 게 목심이여. 철이가 핵교 들어갈 나이가 돼 가능이."

가쁜 숨을 들이켜던 할머니가 물 한 잔을 더 청했다. 이번에도 단숨에 마시더니 다시 이야기를 이어갔다.

“그러던 어느 날 햇빛이 소죽 아궁이처럼 뜨겁던 날에 또 밭에서 쓰러졌제. 죽은 냄편이 보이드망. 죽는 줄 알았제. 그래도 아아들 생각해서 죽을 수는 없다고 그 생각만 해댔어. 철이가 국민핵교 들어가든 해여. 몸살이 들어 옹신도 몬하고 누웠는디, 그동안 웬수처럼 지내던 옆집 아지매가 죽을 쒀 갖고 와설랑은, 지난번 일은 재수가 없을랑 그리됐고 지금 살고 있는 집 땅 주인이 아가 없어 그라는데 아를 낳아주면 집 명의도 해주고 앞으로 살아갈 수 있을 만큼 뒤를 대준다 했제. 동네에서 꼿꼿하기로 소문난 사람이니 헛소리할 사람은 아이라고. 나는 아무 말도 몬하고 방바닥만 뚫어지게 쳐다봤어. 한 일주일을 동네에서 동냥질해 먹다시피 했제. 내가 몬 움직이는 걸 어찌 알고 이 집 저 집서 먹을 걸 가져다주이. 참 그 덕으로 아아들 죽지 않고 살았제. 아아들 데불고 살길이 막막하이 개리고 자시고 할 것도 업으이. 내는 어지러버서 일을 할 수가 없었으니께. 지금도 해만 나면 하늘이 빙빙 돌아. 이미 엎어진 팔자인디, 아 못 낳는 여자 구제해준다구 생각하고 독한 맘 먹어 날을 받았제. 방문을 들어서는 사내는 길에서 곁눈으로만 보던 울 동네 하나밖에 없는 고등과까정 나온 신사여. 신사고 말고. 부인도 멋재이야. 나 같은 건 그 옆에 가면 숯검뎅이 연탄 뿌시래기지. 내우간 금실이 너무 좋아 아가 안 생긴다는 동네 사람 말이 아니라도 마누라를 끔찍이 위했어. 잠자리만 하고 바로 자기 집으로 가버리곤 했제. 망할, 쯧쯧. 그래도 내두 여자인 게라 얼매나 기맥히던지. 그 어찌 되얐든지 애들 굶기고 동냥질하는 것보다는 낫다, 그라고 살았제. 두어 달 만에 아를 가지니 남정네가 발길을 뚝 끊데. 무정한 사람. 하룻밤에 만리장성을 쌓는다 캤는데. 아마도 그 지경에도 내도 여자였등가베, 허허. 낳아보니 아들 쌍댕이야. 그 예펜네가 아를 못 키우겠다고 내더러 키우라데. 뒤는 다 댈 테니. 속으로 난 좋았제. 아가 내한테 있으이 그 남자도 아아덜 보러 자주 올 것이고. 꿈도 많이 꿨제, 혼자 흐흐. 다 헛꿈인거 알믄서도. 내 참 못됐제? 그래도 그때가 젤루 행복했던 것 같네. 먹을 걱정 안 하고 남정네가 드나드이 든든하더이. 남이야 머라등, 내 남정네는 아니라 카더라도. 첩도 아이고, 본처도 아이고. 우습제."

할머니 얼굴이 복잡하게 변했다. 환해졌다, 수줍어했다, 슬퍼했다, 어쩔 줄을 몰랐다. 보기 안쓰러웠다. 오히려 내 눈물을 닦아주며 이런 이야기 들어줘서 고맙다는 할머니.

“울 아아덜이 쌍댕이를 예뻐라 했어. 둘이 똑같이 생겼으니 얼매나 신기하등이. 아덜 넷에 딸 하나가 복작복작하이 사람 사는 거 같았으이. 쌍댕이가 크면서 내를 엄마라고 부르니 남정네가 질색하며 아지매라고 가르치더라고. 쌍댕이는 내를 아지매라고 불렀다가 엄니라고 불렀다가 했지비. 남정네 안사람은 엄마라고 부르고. 후우. 남정네는 잠은 집에 가서 자고 애만 보러 오두망. 그래두 좋았어. 먹는 걱정 없이 아아들만 키우능이 딴 세상 같더망. 쌍댕이 키우는 삯으로 애들 먹을 만치 다 대어주구. 핵교 들어가는 돈도 다 대어주구. 내는 아아들 다섯 키우느라 심들어도 심든 줄 모르겠더망. 먹을 걱정 핵교 보낼 걱정 안 하니 세상이 다 밝아 보이드망. 남들이야 뭐락 하등가 말등가. 그러다가 쌍댕이가 열다섯이 되이 본가로 데려간다 카더라고. 논 닷마지기와 집문서를 내 앞으로 내어주대. 그라고 끝이야. 쌍댕이도 그 아배도 그림자도 얼씬하지 않더라고. 역시 신사는 신사였어. 그란데 그기 왜 그르케 야속하던지. 길에서 만나도 쌍댕이는 인사도 안 하대. 얼매나 무섭게 아아덜을 다구쳤는지 내를 만나면 땅만 보고 달아빼대. 내 젖 먹고 자란 내 자식인디. 내도 아아덜을 피해 댕겼제. 그러다 아아덜을 서울로 유학 보냈다카더만. 영영 못 보나 했더이

대학 졸업하고 취직했다 소리 나등이 가끔 차를 몰고 다녀가는 걸 내도 보았으이. 참 가심이 천 갈래 만 갈래 찢어지드망."

할머니는 고개를 푹 숙이고 주먹으로 가슴을 쳤다. 그러다 한동안 슬픈 눈으로 벽을 바라보며 말을 잇지 못했다.

"다덜 씨받이라고 쑥떡이더망. 열다섯 살 먹도록 멕이고 입히고 같이 뒹굴던 생떼 같은 내 새끼 쌍댕이를 논 닷마지기에 내어주고 땅을 보고 걷는 버릇이 생겼제. 내 어찌 하늘을 보까? 아아들한테도 죄인이고, 죽은 냄편한테도 죄인이여. 동네 사람들한테 챙피한 것은 암것도 아녀. 그란데 이즈막에 와서 너무 억울한 기여. 내 인생이 너무 억울한 기여. 쌍댕이 결혼도 못 보고 손주들도 못 보고. 바보맹키로. 그 여자는 뭣이 잘나 쌍댕이를 독차지하거 내는 보지도 못하고 사능가. 이제 나이도 먹을 맨치 먹어 여든이 넘었는디 내 배 아파 난 새끼도 못 보고 죽게 생겼응이. 이제 죽을 날도 얼마 안 남응이 까짓거 밑져야 본전이다 싶더라고. 키운 세월만큼 보지 못한 쌍댕이 아아들과 무정한 쌍댕이 아배 한 달에 한 번 보기 위해 작년 추수하고 쌍댕이 어매랑 한바탕 붙었제."

숨을 몰아쉬던 할머니가 한참 진정하고 나서 멋쩍게 웃었다.

"이제 내가 무서불 게 머가 있겄나. 그동안 그 예펜네한테 한 소리도 못하고 살었능데. 그 예펜네도 늙었는개벼. 아무 대거리도 안 하등이. 이번 어버이날에 쌍댕이들이 카네이션을 들고 와 이짝저짝 가슴에 달아주데. 그라고 쌍댕이 아배가 한 달에 한 번, 우리 집 와서 밥 묵고 가이. 참말 이게 뭔 일이다잉. 잘했제? 참 잘했제?"

흥에 겨워 손뼉 치다 쑥스러워하며 파안대소하는 할머니. 순분할매는 요새 한 달에 한 번 오는 쌍댕이 아배 기다리는 재미로 산다고 했다.

모처럼 한가해서 할머니 집을 방문한 날, 할머니 얼굴이 활짝 폈다.

"할머니, 뭐 좋은 일 있어요?"

"사실은 내가 아지매한테 멀 좀 물어보고 싶었는데 잘 왔소. 주책맞은 늙은 할망이 별소리를 다해서 아지매 놀라겄넹, 허허. 내 눈이 자꾸 쳐져 침침하니 쌍꺼풀 수술을 할랑하는데 사람들 웃겄지마는……."

소맷부리로 질금거리는 눈물 찍어내며 웃는 할머니. 눈이 안 보인다는 핑계 삼아 할아버지에게 좀 더 예뻐 보이고 싶은 건 아닐까.

"할아버지가 허락하셨어요?"

"잉. 어제 왔걸래 대통령도 한기 내두 해볼라이 했더이 하고픈 대로 하라고 하대. 돈까지 주밍서, 하하."

"어머나, 그럼 하세요. 쌍꺼풀 수술은 수술도 아니에요."

벌어진 입을 손바닥으로 가리며 어쩔 줄 몰라 하는 할머니. 새색시처럼 볼 붉다.

오메, 순분할매 바람났네!

이 글은 순분할매의 이야기를 받아 적은 것뿐이다. 순분할매 영전에 이 글을 바친다.

이 일이 있고 얼마 후, 순분할매는 치매에 걸려 요양원으로 가셨다. 돌아가시면서 자식들에게 용서를 비셨다고 한다. 남편에게서 낳은 남매와 사흘 밤 캄캄한 방에서 이루어진 두 번째 남자의 아들은 남편의 호적에 올라 있으나, 어머니 소리 한 번 들어보지 못한 쌍둥이 형제와는 호적상으로도 완전히 남이라고 한다.

나는 이 글에서나마 쌍둥이를 순분할매의 호적에 옮기고 싶은 유혹에 시달렸다. 그렇게 하지 못한 이유는 순분할매가 하늘나라에서라도 남편과 해로하기를 바라는 간절한 마음을 알기 때문이다.

"내 죽어 하늘나라 가면 철이 아배 얼굴을 어찌 보까나. 밍구스럽고 죄스러버서 못 볼 것 같으이, 으짜몬 좋으까?"

"할머니, 하늘나라에는 엄정한 판단을 내리는 재판관 미카엘 대천사가 문을 지키고 있어요. 사람의 마음속까지 다 들여다보는 현명한 재판관이요. 할머니가 아이들을 지키기 위해 얼마나 희생했는지는 이미 장부에 다 기록되어 있어요. 상을 주면 주었지 벌은 택도 없지요. 그러니 걱정 말고 '대천사 미카엘, 나를 돌보소서' 그렇게 기도하세요."

죄를 많이 지어 성당에 가고 싶다는 할머니는 소정의 교육을 받고 천주교에 입문하셨다. 성호도 잘 못 긋는 할머니에게 마음으로 읽으시라고 성경책과 성가책을 선물했다. 생전 처음 책 선물을 받아본다며 하마 입이 되어 웃는 할머니는 책을 가슴에 꼭 안았다. 누가 순분할매에게 돌을 던질 수 있으랴. 순분할매의 일생은 살아내기 위한 처절한 노력과 자식을 지키기 위한 어머니의 무한한 사랑, 그 이상도 이하도 아니다.

안 지 얼마 되지 않은 내게 당신 가슴의 응어리를 풀어준 일에 감사하다. 아름답고 멋진 분이었다. 순분할매에게 사랑을 전한다.

길 떠난 효심(孝心)

인천 강화군에 살 때다. 독거노인을 요양보호사와 연결해주려고 일자리센터 직원과 근처 교동도에 갔다. 주민 대부분이 여든 살을 웃도는 노인인데도 섬에는 요양보호사가 별로 없었다. 독거노인은 왼쪽 눈은 백내장, 오른쪽 눈은 녹내장에 걸렸고, 고관절 수술까지 받아 당장 도움이 필요했다. 알음알음으로 겨우 섬에 계신 50대 요양보호사를 구했지만, 이분도 당장 백내장 수술을 앞두고 있어 두 달간은 활동이 불가능했다. 일자리센터에서 섬까지 차를 타고 가도 한 시간 반이 걸렸다. 민간인 통제구역이라 섬에 드나들 때마다 교동대교 입구에서 신분증 검사도 받아야 했다. 그곳까지 가겠다는 요양보호사도 없겠거니와, 출퇴근하려면 자기 차가 있어야 하고 기름값도 자비로 내야 하니 센터 입장에서도 갈 사람을 찾기가 쉽지 않았다.

우리가 왔다는 소식을 듣고 하나둘 동네 어르신들이 모였다. 백내장 수술 날짜를 기다리던 요양보호사를 대신할 분을 동네에서 찾아보기로 했다. 보수가 있다는 말에 멀지 않은 곳에 사는 독거노인의 친척 할머니가 나섰다. (이분도 여든은 훌쩍 넘어 보였다.) 요양보호사 자격증 없이 활동하는 것은 위법이었으나, 당장 도움이 절실한 노인을 외면할 수 없었다. 법을 어기더라도 시도해볼 수밖에. 백내장 수술을 하고 회복하는 두 달 동안만 요양보호사의 자격증을 빌려보자는 수를 냈다. 당연히 위법이었다. 그러나 이 난처한 상황을 국민건강보험공단에 말해봤자 해결 방법이 없었다. 노인은 김장하려고 뽑아놓은 배추며 무 양념들이 얼어 터진다고 울상이었다.

"아, 법은 근혜인지 그네인지 대통령도 어기는데 누가 여까지 잡으러 온다녀?"

빨강, 연분홍, 진자주 꽃바지에 꼬부랑 파마머리를 하고 모처럼 허리 쭉 편 할머니들. 교동도에 때아닌 꽃 피었다. 할머니들은 비스듬히 기운 언덕에 서서 섬을 떠나는 우리 차를 향해 울퉁불퉁한 손을 흔들었다. 교동대교를 건너는데 저 멀리서 할머니들 웃음소리가 따라오는 듯했다.

연륙교를 건너는데, 전화가 왔다. 요양보호사가 자격증을 빌려줄 수 없단다. 당연한 일이다. 자격이 취소될 수도 있으니. 요양보호사 자격증을 빌려 노인을 도와주기로 한 친척 할머니께 전화를 걸었다.

"그럼 관두지, 뭐."

노인의 친척이라며 동네 인심이 어쩌고 저쩌고 했던 그 분의 말이 떠올랐다. 마음속에서 무언가 와르르 무너졌다. 하지만 우리도 선뜻 나서서 도와주지 못하는 것은 마찬가지였다. '더불어, 함께'라는 말이 그리워졌다. 시골 분들은 순수하려니, 했던 생각이 틀렸다. 시골이나 도시나 사람은 참 영악하다. 돈이 정보다 더 절박한 것이다. 흙의 순수함을 믿고 싶었던 나의 마음은 어쩌면 이기적인 발상이었는지도 모른다.

언젠가 시골 장터에서 할머니들에게 더덕을 산 적이 있다. 산에서 캔 더덕이라더니, 비닐하우스에서 재배한 것이라 산 더덕 특유의 향이 나지 않아 실망했다. 더덕 값도 다른 곳보다 훨씬 비쌌다. 이럴 때마다 나는 말 그대로 망연자실한다. 돈이 아까워서가 아니라, 그 연세에 돈을 벌려고 눈 하나 깜짝 안 하고 거짓말하는 모습에 마음이 아프다. 우리의 순수는 어디로 가면 찾을 수 있을까? 어르신들이 영악해졌다. 손자 손녀에게 사랑받으려면, 어른 대접 받으려면 뭔가 쥐어줄 게 있어야 하는 세상이니, 어르신들도 변할 수밖에. 어르신들 빈손에 손자 손녀들의 관심은 길 떠난 지 오래다.

마지막 구걸

서울 이화동 산9번지 우리 집 다락방에 사시던, 시각장애를 가진 할아버지가 돌아가신 날은 하필 정월 대보름. 눈까지 내린 몹시 추운 날이었다. 방학이라 늦은 아침을 먹고 이불 속에 누워 얼굴만 내놓고 수다를 떨고 있었다. 설거지를 끝낸 어머니가 방에 들어오셨다. 어머니는 오늘은 바깥에 얼씬도 하지 말라고 엄포를 놓으셨다. 그러더니 천장을 쳐다보며 "왜 며칠째 꼼짝을 안 하시지? 추워서 그러시나?" 하고 중얼거리셨다. 마침 화장실에 다녀온 오빠가 벽을 가리키며 말했다.

"이가 벽을 타고 내려오네!"

우르르 일어나 벽에 가까이 가보니 이들이 열을 지어 기어 내려오고 있었다. 뭔가 골똘히 생각하시던 어머니는 우리에게 이를 잡아 죽이라 시키고 밖으로 나가셨다. 잠시 후 웅성

웅성하는 소리에 나가보니 집 앞에 반장 아주머니와 동네 분들이 모여 계셨다. 아저씨 두 분이 한참 할아버지를 부르다 다락방에 올라갔다. 다시 내려온 아저씨가 할아버지께서 돌아가셨다고 했다. "아침에 밥을 드렸는데……" 하며 어머니가 말끝을 흐렸다. 한 아저씨는 할아버지 방에서 꽁꽁 언 밥과 국을 가지고 오셨다.

그때는 지금보다 겨울이 춥고 길었다. 더구나 우리 집은 낙산의 허름한 적산가옥이다 보니 웃풍이 심했다. 물을 떠다 놓으면 한 시간만에 얼었다. 더구나 다락방에는 난방시설이 없었다. 어머니는 그전까지 돌보는 이 없이 홀로 떠돌아다니며 살던 할아버지에게 우리가 공부방으로 쓰던 다락방을 빌려드린 거였다. 그동안 잘 버티셨는데 어쩌면 좋냐며 어머니와 아주머니들이 눈물을 흘리셨다. 연고자가 없어 동사무소에서 사람이 나왔다. 파출소 순경 아저씨가 어린 나를 뺀 어머니와 언니, 오빠 들에게 간단한 질문을 했다.

가끔가다 우리의 이름을 가만히 부르시던 할아버지. 여름비 오는 날이면 처마와 처마 사이에 서서 옷을 입은 채 비에 목욕하시던 할아버지. 할아버지 다리 사이를 누가 빨리 통과하나 시합하곤 했던 나와 친구들. 잽싸게 지나가도 누가 그랬는지 다 알고 계셨던 할아버지. 누군가가 음식을 줄 때까지 굶어야 했던 할아버지…….

산동네 적산가옥들은 하루 벌어 하루 먹고 살았다. 청계천 복개 사업으로 살던 곳에서 쫓겨난 피난민과 전국 각지에서 고향을 등지고 떠나온 사람들이 모여든 동네다 보니 사는 게 너나없이 팍팍했다. 동사무소에서는 장례에 쓰라며 밀가루 두 부대를 줬다. 어머니는 쌀밥과 김치, 배춧국으로 상을 차려 다락에 올려놓고, 아껴두었던 이불 홑청을 뜯어 할아버지의 마지막 옷을 지으셨다. 어머니는 할아버지를 더 신경 썼어야 했다고 자책하면서 남몰래 눈물을 흘리셨다.

장례는 2일장이었다. 밤새 눈이 내렸다. 천막 아래에서 아저씨들은 할 말이 없다며 막걸리잔을 비우셨고, 철없는 아이들은 큰 가마솥의 뜨끈한 국수를 원 없이 먹을 수 있어 신나 했다. 고향이 어딘지, 가족은 있는지 할아버지의 사정을 아는 이가 한 명도 없었다. 잔뜩 찌푸린 날씨에 눈까지 흩뿌려 어두컴컴했던 다음 날 아침, 거적때기에 둘둘 말린 할아버지가 지게에 실려 나갔다. 장례에 동네 사람이 다 모였지만 적막했다. 지게 위에 얹힌 나무토막 같던 할아버지 시신과 그 많은 사람들 사이의 고요. 눈은 또 왜 그렇게 내리던지…….

그날의 광경이 영화의 한 장면처럼 생생하다. 생기면 먹고 없으면 굶고 산 한 생(生)이었다. 달도 쩍쩍 얼어붙는 엄동설한에 할아버지는 얼음 덩어리로 가시고, 장례에 쓰고 남은 밀가루로 동네잔치를 벌이자 동네는 비로소 떠들썩해졌다. 그 광경이 나는 지금도 너무 섧다, 할아버지를 팔아 벌인 잔치 같아서.

탁란(托卵)*

가을이 깊은 어느 날, 큰언니가 가슴으로 낳은 큰 조카딸의 결혼식이 있었다. 언니는 가슴으로 낳은 자식이 서른 명이 넘는다.

나의 대학 졸업을 앞둔 때, 큰 조카딸의 뿌리를 찾아주고자 전라북도 순창군에 내려갔다. 동사무소와 동네 이장 댁을 수소문한 끝에 외삼촌을 만날 수 있었다. 함께 간 조카는 멀리 있는 집을 보자마자 눈물부터 그렁그렁했다. 무슨 상념에 빠졌는지 옆에서 뭐라 묻는 말도 자주 놓쳤다. 외삼촌은 조카가 혼외자라고 했다. 조카의 어머니가 조카를 혼자 키우다 암으로 돌아가시는 바람에 시설에 맡기게 됐다는 저간의 사정을 말하며 그동안 찾지 못했다고 미안해했다. 조카의 이모가 시설 가까운 곳에 살아서 그곳에 맡겼다고, 숙녀가 되어 나타난 조카를 대견해했다. 아버지는 따로 가정이 있고 소식은 듣지만 아마도 재회하기를 원치 않을 거라는 말에 조카는 풀이 죽었다. 조카 어머니 쪽 일가친척들이 모여 저녁 식사를 같이 했다. 조카는 거의 먹지 못했다. 외숙모가 싸준 순창 고추장을 들고 올라오면서 조카는 말이 없었다. 그 마음이 얼마나 심난했을까.

조카의 결혼식이 있기 한 달 전, 연락을 받은 외가 어른들의 반응이 냉랭했다. 결혼식에 참석만 해달라고 몇 번씩 간곡히 부탁하자 그때 가서 봐야 한다고만 했다. 결혼한다고 하니 부담이 되었나 보다. 조카는 밤마다 울며불며 결혼을 꼭 해야 하느냐고 해 언니 속을 태웠다. 하필 시댁이 나라에서 지정한 종가(宗家)에 아흔이 넘은 시조모까지 생존해 계셨다. 그쪽은 적어도 300명의 하객을 모실 거라는 신랑의 말에 우리는 아연실색했다. 조카를 위해 우리 형제자매들이 나섰다. 형제와 친척을 총동원하고 조카와 조카며느리, 조카며느리의 친구까지 동원했다. 화장도 드레스도 군더더기 없이 깔끔한 신부의 자태는 적지 않은 나이를 알 수 없을 정도로 청초했다. 시어머니의 친구분들이 조카를 칭찬하니 시어머니는 줄곧 함박웃음이었다.

예식 시간이 임박했을 때였다. 신부 대기실 앞으로 조카의 일가친척들이 연락도 없이 몰려왔다. 큰언니는 신랑에게 일가친척들을 인사시키고 사진도 같이 찍으며 그쪽 사람들에게 예를 다했다. 조카의 안색이 잠시 어두워졌지만, 오랜 사회경험 탓인지 이내 평정을 찾았다. 떠들썩한 예식을 끝내고 나오는데 외가 분들이 통로 의자를 다 차지하고 앉아 있었다. 외삼촌이 폐백을 마치고 신혼여행을 떠나려던 조카를 불러 세웠다. 시부모님과 신랑이 다가오고 있는데 외삼촌이라는 분이 말을 꺼냈다.

"네 엄마가 옛날에……."

조카의 얼굴이 일그러지며 노래졌다. 신랑을 뺀 신랑 쪽 어른들은 큰언니가 생모인 줄 알고 있는 상황이었다. 큰언니가 조카 옆에서 얼굴이 벌겋게 달아오른 채 어찌할 줄을 몰라 했다.

"신랑이 찾는다. 신혼여행에 늦겠어."

나는 신부를 잡아끌고 신랑에게로 갔다. 빼꾸기 같은 인간들 같으니라고……. 피 한 방울 안 섞인 큰언니가 다 차려놓은 밥상에 구정물 끼얹는 것도 유분수지. 와달라고 사정할 땐 고자세더니 무슨 생각으로 갑자기 몰려와 가족 행세를 했는지 알 수가 없었다. 큰언니가 순창 가는 교통비 명목의 돈 봉투를 내게 건네며 외삼촌에게 전하라고 했다. 나는 시치미 뚝 떼고 돈 봉투를 보관하다가 조카가 신혼여행에서 돌아온 날 전해줬다. 돈이 아까운 게 아니라 대접할 가치가 없다고 생각해서다.

지난번 둘째 아들놈 장가보낼 때는 20여 년 만에 나타난 생모가 식장에서 신랑 어머니 자리를 차고앉았다. 덩달아 동생까지 제 엄마 찾았다고 집을 나가더니, 얼마 뒤 구치소에서 연락이 왔다. 둥지를 잃은 아이들을 애지중지 기르며 상처투성이가 되는 큰언니가 참 안됐다.

그래도 큰언니를 말리지 못하는 것은 이 시대 뻐꾸기 같은 사람이 너무 많은 탓이다. 사고로 세상을 떠난 부모, 이혼한 부모, 감옥에 간 부모, 알코올중독 아버지에 집 나간 엄마……. 큰언니의 아이들은 그런 상처를 가졌다. 이미 한 번 상처를 준 아이들의 부모는 생부, 생모라는 명목으로 가끔 찾아와 돈이나 선물을 주고 갔다. 그 기억이 아이들에게 어떤 상처로 남을지 생각하지 못하나 보았다. 그저 자신들 기분대로 찾아왔다가 돌아가는 그들을 보면 쫓아가 등짝을 후려쳐주고 싶다. 과일을 살 때도 항상 좋고 큰 것만 고르던 언니. 거실을 꽉 채운 각종 책과 아이들 먹고 사는 환경이 웬만한 부잣집 못지않다고 농담을 던지면, 큰언니는 정색하며 말했다. 부모와 함께 사는 아이들은 좀 부실하게 먹어도 괜찮다고, 자신이 데리고 있는 아이들은 부모 사랑을 못 받아서 좋은 것 많이 먹어야 가슴이 채워진다고, 먹는 거라도 좋은 것을 먹여야 한다고. 유난 떤다는 생각을 가끔 하면서도 그런 언니가 참 자랑스러웠다.

"니 새끼들은 니 사랑 마이 처 묵어서 쪼매 먹어도 괘안타."

"하모여."

* 탁란이란, 어떤 새가 다른 종류의 새의 둥지에 알을 낳아 그 새가 자기 알을 대신 품어 기르게 하는 일을 뜻한다.

선물

내 인생에 가장 큰 선물은 사람이다. 살면서 많은 선물을 주고받았지만 줄 때도 받을 때도 의례적일 때가 많았다. 물건이든 현금이든 선물이라면 으레 빚으로 여겨졌다. 받는 순간 언제 이것을 갚아야 하나 생각하기 때문에 선물 받는 것을 썩 좋아하지 않는다. 주는 것도 조심스럽다. 받는 사람도 나와 같은 마음이 조금은 있을 것이라고 짐작되어서다. 그래서인지 선물은 내게 사회생활을 위한 예의에 불과했다. 그러나 내게는 좋은 선물인 사람이 참 많다. 사는 동안 참 좋은 인연들을 많이 만났다.

초등학교 4학년 때 일이다. 사흘을 굶고 물로 배를 채우고 등교한 날, 마침 주번이어서 수업이 끝나고 남았다. 청소를 끝마치고 마지막 줄을 맞추려는데 그만 정신을 잃고 쓰러졌다. 정신을 차려보니 내 앞에 담임선생님과 김이 모락모락 나는 자장면이 있었다. 내가 한사코 먹지 않겠다는 것이 학우들 때문이라 생각하셨는지 선생님은 아이들을 하교시키고 자신도 교무실로 가셨다. 허기지다 못해 창자가 꼬이고 뒤틀려 배가 아팠다. 어머니의 화난 얼굴이 떠올랐다. 복통에 시달리다 또 쓰러지고 말았다. 눈을 떠보니 선생님이 나를 보며 울고 계셨다. 내리 우리 세 자매의 담임을 맡으셨기에 선생님은 우리 어머니를 잘 알고 계셨다. 자장면을 먹지 않은 이유가 어머니의 교육 때문이라 생각하신 선생님은 내게 더는 자장면을 권하지 않으셨다. 자장면은 이미 불어 떡이 돼 있었다. 선생님은 한 손으로는 내 손을 꼭 잡고 다른 손으로는 눈물을 찍으며 나를 집에 데려다주셨다. 말없이 돌아서던 선생님 뒷모습, 까만 줄이 길게 난 살색 스타킹이 지금도 생생하다.

결혼 후 조선일보 독자 칼럼란에 선생님 이야기를 투고했다. 선생님을 다시 만난다면 우리 세 자매와 여행을 떠나고 싶다고 썼지만, 선생님은 소식이 없었다. 지금도 그 선생님 생각만 하면 죄송하다. 그리고 나의 어린 마음을 존중해주셨던 것에 감사하다. 나중에 안 일이지만 선생님은 우리 집으로 쌀을 보내주셨다고 한다.

내 나이 쉰넷, K사이버대학교 미디어문예창작과에 입학해 만난 사람들도 있다. 이혼 후 절망에 빠져 있을 때 딸은 엄마가 하고 싶었던 일을 해보라고 했다. 나를 위해 무언가를 해본 적이 없어 갈피를 잡지 못하다가 시작한 대학 생활이었다. 젊은 친구들과 같이 공부하는 일은 신나고 또 신나는 일이었다. 글을 쓰려고 입학한 학우들은 본바탕이 다 착했다. 더구나 중년 학생들도 많아서 이질감도 별로 없었다.

"시는 이야기다!"

수업 첫 시간, 교수님의 말에 망치로 머리를 맞은 듯 정신이 번쩍 들었다. 고등학생 시절 시를 끄적인 적이 있지만, 시가 이야기라는 말은 이때 처음 들었다. 교수님은 늘 우울하고 고민이 많아 보이셨다. 그 모습이 절로 마음에 담겼다. 학우들도 마찬가지였다. 다들 무언가 우울하고 아파 보였다. 우리는 책이라는 연못을 파고 그곳에 우리의 아픔을 담았다. 왠지 치유되는 것 같았다. 교수님의 안타까운 눈길은 늘 우리를 일으켜주었다. 교수님이 아픈 학우들에게 마음을 나눠주시는 걸 보는 건 우리 모두에게 보약이 되었다. 그게 꼭 내가 아니더라도 그랬다. 학우들은 교수님을 닮아갔다. 우리는 그렇게 서로의 선물이 되었다.

34년 만에 우리 가정에 쌍둥이 천사가 나타났다. 기쁨도 잠시, 임신 24주차부터 폐동맥협착증, 심장 기흉, 뇌출혈 등 듣기만 해도 무시무시한 병명이 거론됐다. 28주 만에 제왕절개로 태어난 손녀들은 큰애가 1.9킬로그램 작은 애가 0.9킬로그램으로, 태어나자마자 인큐베이터에 갇혔다. 아기들이 건강을 회복할 수 있도록 많은 분이 간절한 기도를 보태주셨다. 아기들을 살린 기도와 정성은 전 지구적이었다. 평소 알고 지내던 신부님과 딸이 소속된 수도회 수녀님들의 묵주기도, 은사님과 사모님, 외국에 사는 동문들과 학과 스터디원들은 물론 지역 공동체까지. 기도를 부탁하던 나의 용기는 어디에서 생겨난 걸까? 너무나 작고 소중한 생명이 우리 손에 맡겨졌으니까…… 간절하게 살려내고 싶었으니까…… 그래서 공개적으로 기도해달라고 할 수 있었다. 1년 반 동안 위험한 고비를 수없이 넘기며 기도가 사랑이 되었고 그렇게 우리에게 두 생명이 걸어왔다, 뒤뚱뒤뚱.

쌍둥이 손녀 일을 겪으며 지금까지 내가 생각했던 선물의 의미가 재구성됐다. 선물은 물질적 선물이든 마음의 선물이든 주어지고 받아들여지는 그 순간 빛이 아니라 별이 되는 것이라고. 또한 우리는 누군가에게 받은 선물을 가슴에 별로 간직하고 자주자주 그 별을 꺼내 보석처럼 닦아야 한다고. 쌍둥이를 위해 기도해준 사람이 생각날 때마다 그를 위해 기도한다. 지나가다 담쟁이 넝쿨을 보고 너의 그 끈질긴 생명력을 우리 쌍둥이에게 나눠달라고 기도했었다. 이제 나는 그 담쟁이 넝쿨이 있던 담장을 지나갈 때마다 담쟁이 넝쿨이 올해는 작년보다 더 싱싱하게 자라기를 기도한다. 길을 가다가도 저절로 기도하는 마음이 생겼다. 내게 찾아온 좋은 인연들 덕분이다. 쌍둥이들은 많은 사람들의 염려로 완전히 치유됐다. 늘 감사하는 마음으로 선물을 주고받을 일이다. 우주가 선물이다. 하찮다고 생각했던 담쟁이 넝쿨조차도.

오늘 갑자기 별 닦을 일이 생겼다. 쌍둥이가 병원에 있을 때 부산의 K가 100만 원을 보내줬다. 가끔 정릉의 아픈 동창을 보기 위해 일부러 서울로 오기도 하는 마음이 따뜻한 친구다. 가끔 내가 부산으로 가거나 K가 서울로 오면 만나곤 했다. 몇 년 전부터 나는 살기가 힘들어졌고 K는 공장을 늘리면서 바빠져 만나기가 쉽지 않았다. 1년에 한 번 정릉 친구네에서 얼굴을 봤다. 며칠 전, 올해 입시를 치르는 K의 딸이 세 군데의 대학에 합격했다는 소식을 접했다. 100만 원의 별을 꺼내 만지작거렸다. 지금의 내 처지를 뻔히 아는 친구가 화를 낼 게 뻔해 그 별을 반으로 나눴다. 마음이 편치 않았지만 반쪽짜리 별을 공들여 닦아 K에게 보냈다. 아니나 다를까. 전화가 왔다.

"이게 뭐여?"

"이모가 조카에게 주는 입학 선물! 예쁜 코트 하나 사서 입히고 인증샷 보내."

"허얼~~ 순자 이모 선물이라고 전할게, 됐나? 씨!"

무뚝뚝한 부산 말투가 맛깔졌다.

새벽 4시 15분. 별 하나 없는 하늘을 쳐다본다. 가슴에 은하수가 흐른다. K도 그럴 것이다. 우린 이 밤에 별을 꺼내 반짝반짝 닦는다.

잃어버린 나를 찾아서

살아가면서 어느 순간 익숙한 풍경을 마주하거나 감각을 느낄 때가 종종 있다. 우연히 들어간 식당에서 어린 시절 자주 먹은 음식의 맛을 느낄 때, 골목 모퉁이를 돌다 낯익은 장면을 만날 때, 때로는 지나가다 본 아이의 모습에서, 여행 중에 마주친 다양한 풍경에서……. 기억하려고 애쓴 적은 없는 모습들이 되살아난다. 어쩌면 우리의 삶은 도돌이표처럼 비슷한 경험으로 연결되는지도 모르겠다. 삶을 살아가는 지혜는 우리가 의도하지 않아도 경험을 바탕으로 이어진다.

늦은 면학을 마치며 예순 살에 태국과 캄보디아로 졸업 여행을 떠났다.

코끼리 쇼를 보러 가는 일정에서 빠졌다. 혼자만의 특별한 추억도 만들 겸 낯선 길을 나섰다. 네온사인이 화려한 호텔 옆 진흙탕 골목에 들어서자 어느 집이 보였다. 누덕누덕 기운 야트막한 지붕 밑 기울어진 벽에 국왕의 사진이 걸려 있었다. 방 안은 대낮에도 어두컴컴했다. 빨랫줄에는 빨래한 옷과 빨랫감이 나란히 걸려 있었다. 목에 쇠줄을 건, 군데군데 털이 빠진 검은 개가 나를 보자 송곳니를 드러내며 으르렁거렸다. 골목을 나오니 큰길이었다. 머리 위로 엉킨 전선줄이 손에 닿을 듯했다. 오토바이 가게 옆으로 중고 가전제품을 판매하는 가게가 있었고, 그 가게 앞에 놓인 LG 세탁기에는 동전 넣는 기계가 설치되어 있었다.

태국과 가까운 캄보디아의 톤레사프호(湖) 가는 길. 꼬치 가게와 연어구이 포장마차에서 연기가 피어올랐다. 홍수가 난 시장터는 알전구로 휘황찬란했다. 오토바이를 탄 소녀와 자전거를 탄 소년이 석양을 등지고 저 멀리 끝없이 펼쳐진 호수를 향해 나란히 흘러갔다. 이층버스는 물에 잠겼고, 버스에 탄 관광객들은 둥둥 떠다니는 쓰레기 더미를 불안하게 내려다보았다. 낯선 길이었지만, 그 풍경이 익숙했다.

1960년대 창신동에도 곳곳에 이승만 대통령의 사진이 걸려 있었다. 골목마다 어슬렁거리던 누렁이는 복날이면 쥐도 새도 모르게 사라졌다. 반장이 자기 집 마당에 솥을 걸면 동네 아주머니들은 고기를 썰어내고 아저씨들은 고기를 안주로 막걸리를 마셨다. 아이들은 골목에 모여 앉아 누렁이 잡아먹은 어른들을 성토하며 눈물을 흘렸다. 슬레이트 지붕 위, 손만 내밀면 잡히던 전깃줄에 빨래들이 널려 있었다. 영자 언니는 동네에 있는 스타 전파사 앞에서 눈을 반짝이며 "아! 아! 뷰티풀 썬데이"를 흥얼거렸다. 이번 일요일은 쉬는 날이라고 말했는데도 친구 복희는 몇 번이나 자는 나를 흔들어 깨웠다. 복희는 튼 손을 비비며 평화시장으로 출근했다. 비가 오면 하수구가 넘쳐 거리에 담배꽁초가 둥둥 떠다녔다. 등굣길에는 "밥 좀 주세요" 하는 낭랑한 구걸 소리가 울려 퍼졌고, 하굣길에는 교복 치마 끝을 팬티에 집어넣고 가방을 머리에 인 채 허리까지 물이 찬 길을 지났다.

우리는 캄보디아에 있는 초등학교 호프스쿨*에 갔다.

아이들은 깨끗한 교복을 입고 있었지만 그 아래로 너덜너덜한 속옷이 보였다. 일요일, 학교 행사에 동원된 아이들이 앙상한 손으로 코끼리와 꽃 그림을 그렸다. 상으로 받은 장난감으로 골프게임을 하고 맨발로 축구공을 찼다. 스케치북 한 장을 더 얻으려고 줄기차게 우리의 시선을 잡고 놓지 않는 맑은 눈동자들. 어디서 소식을 들었는지 동네 어린아이들이 태어난 지 얼마 되지 않은 아기를 업고 와 돈을 달라고 외쳤다.

"Give me one dollar!"

가슴을 드러낸 채 길가에 서서 손을 내미는 어린 소녀들. 그들과 절대 눈을 마주치지 말라는 가이드의 말대로 나는 먼 산바라기가 됐다. 내 주머니에는 300백 달러가 들어 있었다.

"Give me a chocolate! Give me a gum!"

어머니의 엄명으로 한 번도 내뱉지 못했던 말이 갑자기 목구멍에 밀물처럼 들이찼다. 누군가 자기가 먹던 생수통을 한 아이에게 내어주었다. 저 사람은 분명 가난의 추억을 가지고 있는 사람일 터. 내가 주머니에 손을 넣자 가이드가 제지했다. 그 힘에 밀려 나는 아무것도 하지 못하고 등 떠밀려 학교를 빠져나왔다.

돌아오는 비행기 안에서 나는 오래전의 나를 만났다. 창신동 좁디좁은 골목길, 땅바닥에 끌리는 물지게를 힘겹게 지고 계단을 오를 때마다 앞뒤로 흔들리던 아홉 살의 어린 나. 새빨갛게 얼어 터진 손등에 피가 맺힌 채 까치발로 물지게 통을 지탱해야 했다. 책상 서랍 위에 앉아 잣을 까고, 영어 단어 대신 잣 알갱이를 헤아리던 단발머리 아이. 방학 동안 공단이불에 모란 그림을 수놓고, 19공탄 다섯 장을 올린 빨래판을 머리에 이고 날라 짬짬이 다음 학기 책값을 준비하던 갈래머리 여고생. 그 아이는 중고등학교 6년 동안 여섯 정거장을 걸어 다니며 등하교를 했다.

여행에서 돌아와서도 나는 호프스쿨 아이들의 눈동자와 '원 달러'를 외치는 목소리에서 헤어 나오지 못했다. 300달러를 움켜쥐고 우유부단하던 내 손등에 아이들의 눈동자가 말갛게 박혔던 것이다. 나도 한때 쓰러져가는 판잣집에 살았다. 강냉이죽으로 끼니를 이으면서 학교에 다녔다. 우리나라는 전후 폐허에서 선진국 대열에 오르기까지 우방국의 많은 도움을 받았다. 우리가 그랬던 것처럼 그들을 도와주는 일은 당연했다. 그러나 가이드의 한마디에 나는 어떤 행동도 하지 못했다. 나는 죽는 날까지 움켜쥔 300달러의 기억으로부터 자유롭지 못할 것이다.

과거의 경험은 현재의 나를 완성하는 참고서 같은 것이라, 그 일이 있고 난 후 나는 달라졌다. 생각을 접고, 계산을 접고, 나눔을 했다. 그래 보니 나눔이란 여간 즐거운 일이 아니다. 더하기보다 빼기가 더 큰 행복을 준다는 것을 다시금 깨달았다. 나의 빈곤한 생활을 아는 형제들은 주제 파악하라고 나무라지만, 때로는 이 작은 행동이 행복이라는 이름으로 내 삶을 풍요롭게 한다. 나눔은 분명 행복한 기회다.

* 캄보디아 시엠립에 위치한 호프스쿨은, 내전(1967~1975)에 사용되었던 지뢰와 폭발물 잔재로 피해를 입은 이들의 자녀들을 위해 세워진 초등학교다.

배려에 대해서

꽃샘바람과 함께 연례행사처럼 찾아오는 독감은 올해도 나를 비껴가지 않았다. 지독한 오한과 발열 끝에 축농증으로 번진 독감의 잔해는 끈질겼다. 고름이 콧속을 점거하다 못해 입천장에 묵직하게 내려앉으니 여간 성가신 게 아니었다. 그럴 땐 뜨거운 양칫물을 한입 물고 입천장에 힘을 모아 뱉는다. 그러면 고여 있던 싯누런 고름이 덩어리째 나온다. 오랜 세월 동안 터득한 나만의 비법이다. 하지만 이걸 하루에도 수없이 하다 보면 입천장도 마르고 머리도 아프다. 입으로 농을 뱉으니 비위가 상한다. 속이 울렁거려 밥을 먹을 수가 없다. 일주일 넘도록 이 짓을 하니 이명 현상으로 귀에서 이상한 소리도 들리고 열도 났다. 참을 만큼 참은 것이다.

이비인후과에 가면 코를 뚫어주고 약을 처방해주지만,

시원한 건 잠깐이다. 한 달 이상 다녀도 완치는 힘들다. 병원 다니다 지쳐 좀 쉬면 또 같은 증상이 괴롭힌다. 축농증은 내 평생의 골칫덩어리다. TV 프로그램에 나온 어느 의사가 그러기를, 축농증은 평생 완치가 안 되고 그때그때 완화만 시켜줄 수 있단다. 어머니도 축농증이 있어서 용하다는 병원은 다 다니셨지만 끝내 고치지 못하고 돌아가셨다.

하지만 도저히 참을 수 없어 동네 이비인후과에 갔다. 지난번에 갔던 병원을 피해 좀 멀리 버스를 타고 나갔다. 그 병원 의사 선생님이 몇 번 더 오라는 걸 안 갔던 터라, 다시 가기가 민망했다. 새로 가는 병원이 진료를 잘 본다는 친구의 말에 혹시나 하는 요행도 없지 않았다. 환자가 없어 바로 진료실로 들어갔다.

"어디가 아프세요?"

내가 증상을 설명하기도 전에 의사 선생님이 기구를 들이댔다.

"선생님 제가 귀가 잘 안 들려서요."

의사는 마스크를 쓴 채 뭐라고 하다가 내가 멍하니 있으니 "3일 치 약 드시고 다시 오세요"라고 했다. 증상을 말하기 전에 치료 끝이다.

"입천장이 묵직해서 근질거리고 답답하고 그런데요."

내가 자리에서 버티자 의사는 책상으로 돌아가려다 말고 다른 기구를 손에 들었다. 내 콧속을 치료하더니 의사가 말했다.

"숨 쉬어보세요. 다 빨아들였어요. 시원하시죠?"

역시 오길 잘했다.

2주쯤 지나자 증상이 더 심하게 왔다. 치료를 받으며 시원함을 느꼈던 지난번 생각을 하며 가벼운 마음으로 병원에 들어섰다. 의사는 저번처럼 마스크를 쓴 채로 자꾸 질문했다. 의사의 말을 알아들을 수 없어 대답하지 않고 있자 그가 나를 짜증스런 눈으로 보았다.

"저어, 제가 귀가 잘 안 들린다고 일전에 말씀드렸는데요."

차트는 폼인가, 그런 건 안 적어 놓고……. 의사는 내 말을 중간에 끊고 치료한 후, 차트에 뭐라 적었다. 여전히 마스크를 쓴 채로 이야기를 하니 대답을 할 수 없었다. 의사는 언성을 높였다. 속이 부글부글 끓는 걸 참고 반문을 했다. 의사는 귀찮다는 듯 약을 5일 치 처방했으니 다 먹고 오라고 했다. 완전 죄인 취급이었다. 오기가 났다.

"좀 전에 무슨 말씀하셨는지 못 들었는데요."

내가 정색을 하니 의사가 어물거린다.

"뭐 더 하실 말 있으세요? 5일 있다 오세요."

"제가 좀 전에 하신 말씀을 못 들었다고요. 다시 한번 말씀해 주시겠어요?"

"가습기 틀고, 따뜻한 물 자주 마시고, 입으로 뱉는 거 하지 마시라고요."

의사가 간호사에게 차트를 휙 던진다. 왜 빨리 데리고 나가지 않느냐는 태도가 역력하다. 환자에게 치료에 중요한 내용이 전달됐는지 확인도 안 하는, 아니 확인할 필요조차 못 느끼는 그 태도에 화가 치밀었다. 어이가 없어 한참을 쳐다보았다. 의사도 민망한지 간호사에게 처방전 드리고 어쩌고 하면서 상황을 벗어나려고 헛손질을 했다. 집으로 돌아오면서도 부글부글 끓는 속이 가라앉지 않았다.

병원에 가면 의사가 신이다. 환자 한 명을 진찰하는데 소요되는 시간은 길어야 5분. 환자가 말할 여지가 없다. 혹시 환자가 질문이라도 할라치면 간호사에게 짜증을 내며 환자를 모시고 나가 설명을 드리란다. 어떤 환자가 간호사에게 설명을 들으러 병원에 갈까? 환자 입장에서는 의사에 대한 신뢰를 바탕으로 의사에게 진료받고 병에 대한 설명을 듣고 싶다. 그리고 그것은 당연히 환자의 권리다. 치료비를 지급하는 환자들이 의사에게 이런 취급을 받을 이유가 없다. 환자가 물어보면 자신이 아는 지식으로 환자의 궁금증이나 치료법에 대해 설명해주는 게 의사의 의무 아니겠는가. 축농증이 있는 내게 가습기 틀고 따뜻한 물 마시기는 치료의 한 과정이다. 환자가 알아듣지 못하면 집에 돌아가 아무것도 하지 않을 것이다. 증상이 호전되는 일련의 처치를 하지 않음으로써 병은 더 깊어질 것이다. 직무유기다. 이런 의사는 환자를 진료할 자격이 없다.

요즘 대학병원에는 환자에 대한 의료진의 다짐이 진찰실 문마다 걸려 있다. 병원의 지침이겠지만 어쨌든 반가운 일이다. 환자도 의사도 조금의 여유를 가지고 상대를 배려한다면 애초에 이런 조치들은 필요 없었을 테다. 어쨌든 강제로라도 환자의 권리를 찾아준 것 같아 반갑다. 얼마나 환자들의 원성이 자자했으면 병원 측이 이런 고육지책을 썼을까 싶어 씁쓸하기도 하지만.

한결 부드러워진 의사한테 진료를 받으면 병이 반은 줄어드는 것 같다. "말 한마디에 천 냥 빚을 갚는다"는 말처럼 부드러운 말 한마디가 환자에겐 그 어떤 치료약보다 효과가 있다.

공정한 사회

우리말에 바깥양반이라는 말과 안사람이라는 말이 있다. 바깥양반은 남편을, 안사람은 아내를 뜻한다. 요즘에는 잘 쓰지 않는 말이다. 그럼에도 이 말이 갖는 함의는 아직 우리 생활 깊숙이 남아 있는 것 같다. 예전에는 동네에서 여자끼리 싸움이 나면 남편들은 잘 참견하지 않았다. 남편이 참견하면 팔불출 소리를 들었다. 요즘은 아내가 싸우는데 남편이 나서지 않으면 팔불출이다. 세상이 바뀌어 남존여비가 여존남비가 됐다. 아들 가진 사람이 큰소리치던 세상도 이미 옛날 얘기다.

난방에 문제가 생겼다며 관리사무소에서 우리 집을 방문했다. 관리소장과 설비과장이 말하기를 유량계 불량이란다. 안의 유량계는 마구 돌고 밖의 계기판은 돌아가지 않는다고 했다. 이 집에 입주한 지 2년이 넘은 시점이었다. 2년 동안 난방비가 제대로 부과되지 않았으니, 돈을 내란다. 한 번에 납부하는 건 부담될 테니 할부로 해주겠다니. 2년이 지나도록 무얼 하고 있다가 이제 와서 이런 말도 안 되는 소리를 하냐니까 동대표 회의에서 의결된 문제라 관리소에서도 어쩔 수 없다는 식이었다. 동대표가 개별 가구의 난방비에 관여한다니, 이게 무슨 소린가? 관리소장은 다른 가구와의 형평성 운운하며 마구 도는 유량계 검침 계수의 80퍼센트에 해당하는 금액을 16개월 할부로 내라고 했다. 난방비를 낼 수 없다, 나는 내가 쓴 만큼만 내겠다 하니, 50퍼센트 감면해주면 되겠느냐고 했다. 다른 가구와 비교하면 200만 원이나 덜 내는 거라며 생색이었다. 난방비 흥정은 처음 당하는 일이었다. 500만 원 이득 본다고 해도 나는 그렇게 할 수 없다고 딱 잘라 말했다.

절충안으로, 유량계를 교체한 후 석 달간 검침해 평균을 낸 다음 입주 기간을 곱해 나온 금액을 추가로 내겠다고 했다. 설비과장은 맞는 말이라고 하고, 관리소장은 인상을 찌푸렸다. 유량계 잘못은 관리소 잘못이니 다른 가구와의 형평성을 운운하는 소리에 말려들 수는 없었다. 동대표 회의에서 빨리 내게 돈을 받아내라고 했다고, 관리소장이 말했다. 내가 빚쟁이인가? 난방비 아낀 것도 죄인가? 아파트에 살다 보니 보온

이 잘되어 수면 이불에 수면 잠옷에 수면 양말까지 신고 전기 장판을 이용하면 지낼 만했다. 아이도 없어 난방은 늘 15도에 맞춰놓고 살았다. 그런데 15도에 맞추면 난방이 돌아가지 않는단다. 어이가 없었다. 난방 온도를 조절하는 일도 허락받아야 하나. 나로서는 난방비를 최대한 아껴 쓴 것이니 다른 가구와 사용 값이 다른 건 당연한 결과다. 난방비를 고의로 안 낸 것도 아닌데 설비는 저들이 잘못하고 죄는 내가 뒤집어썼다. 우리 집은 전기세도 가스비도 아파트 전체 가구 중 제일 적게 나왔다.

관리소장과 각동 동대표를 불러 회의를 소집했다. 소장은 난방비가 적게 나온 일곱 가구에 통보했고 다른 여섯 가구는 관리소에서 제시한 대로 냈으니, 나 또한 적정선에서 난방비를 추가로 내야 되지 않겠냐며 구슬렸다. 동대표들은 나를 잡아먹을 듯 눈들을 부릅떴다. 내가 난방비를 낸 여섯 가구를 대라고 하니 얼버무린다. 이것도 수상하다. 소장 이하 다 남자다. 우리나라 남자들은 여자는 기를 죽이면 된다고 생각하나 보다. 나는 유량계를 교체하고 석 달 사용량의 평균값으로 내겠다 했고, 관리소와 동대표는 형평성 운운하며 돌아가며 똑같은 말로 나를 닦달했다. 이야기는 도로 원점이었다. 법적으로 처리하시라고 했다. 집으로 돌아와 화를 누르고 있는데 소장이 왔다. 제 금액대로 부과하면 사모님이 손해라며 은근 협박질이다. 천만 원이 넘어도 손해는 내가 볼 것이니 걱정 말라 하고 소장을 돌려보냈다. 밤새 내용증명을 작성해 우체국이 문을 열자마자 접수했다.

일주일 후, 관리소에서 나와 유량계를 고쳤다. 그렇게 석 달을 지냈다. 난방비가 0으로 나왔다. 난방 온도를 너무 낮게 해놓아서 그렇다고 시비를 건다. 살다 살다 별 이상한 셈법을 다 봤다. 아들을 불러 자초지종을 이야기했다. 더는 신경 쓰고 싶지 않다고 했더니 아들이 소장과 동대표를 집으로 불렀다. 내용증명과 간단히 그간의 사정을 이야기했더니 아들이 엄마는 방에 들어가 있으라고 했다. 문 너머로 아들 목소리만 조곤조곤 들리고 조용했다. 동대표도 소장도 아무 소리 못 하고 갔다. 그리고 조용해졌다. 분명 내가 이겼는데, 기분이 찜찜했다. 살다 보면 왕왕 있는 일이었다. 웬만한 일은 나 혼자 처리하지만, 이상하게 남자들하고 언쟁이 붙으면 아들을 부르게 됐다.

월세 놓은 집의 세입자를 내보낼 때도 그랬다. 아파트를 분양받아 월세를 놓았다. 처음엔 잘 내더니 1년이 지나자 월세가 자꾸 밀렸다. 수입이 없는 나는 월세를 받아야 생활할 수 있었다. 돈 이야기는 누구를 막론하고 쉽지가 않다. 법적으로 당연히 받을 돈인데도 돈 달라고 할 때마다 죄짓는 기분이다. 월세가 밀리기 시작하면 세입자가 왕이다. 세입자도 처음에는 죄송하다며 곧 주겠다고 공손히 말했지만, 몇 달 지나자 짜증 섞인 말투로 "나도 드리고 싶지요" 하면서 끝말을 올렸다. 없어서 못 준다며 기다리라고 했다. 생활이라는 것은 미뤄두었다가 한꺼번에 해결할 수 있는 게 아니다. 날이 갈수록 세입자에게 월세 이야기를 자주 하는 수밖에 없었다. 세입자는 점차 말투가 거칠어지더니 '아줌마가 어쩌고' 했다. 집 하나 가지고 유세 떤다면서 적반하장이었다. 말도 점점 짧아졌다. 하는 수 없이 아들을 또 불렀다. 아들이 개입하면 큰소리 하나 안 내도 해결됐다. 그걸 보며 나는 자괴감에 빠졌다.

아들이 깡패처럼 우락부락하게 생겼냐 하면 그것도 아니다. 나와 아들이 말한 내용이 다르지도 않다. 그런데 대체 왜 그럴까? 관공서에서도 마찬가지다. 내가 말하면 요청이 통과하는 데 시간이 많이 걸렸다. 그런데 아들이 내가 했던 말을 똑같이 하면 그 한마디로 해결이었다. 이런 경험을 몇 번 하고 난 뒤 이웃들에게 그 이야기를 했더니 자기들도 그런 경험이 있단다. 남자는 힘이 있고 여자는 힘이 없어서 그런가? 이곳이 동물의 세계도 아닌데. 여자가 어쩌고 하는 생각이 아직도 이 사회에 뿌리박고 있음을 증명하는 일이다. 요즘 데이트 폭력이나 성폭력 사건을 보면 남자가 벼슬인 것 같다. 폭력은 자존감과 상관관계가 있다. 보편타당성에 문제가 있는 사람이 폭력을 쓴다. 폭력적인 남성들이여, 자존감을 챙겨라!

아직은 누군가의 든든한 벽이고 싶다

융릉과 건릉 사이 소나무 산책로를 걷다가 넝쿨에게 제 몸을 내어준 소나무를 보았다. 보기 좋았다. 그렇다. 누군가에게 제 몸을 내어주는 것은 보기 좋은 일이다. 나는 한때 아버지 등에 업힌 아기를 부러워했다. 내 아버지 얼굴도 못 보고 태어났기에 누군가의 아버지가 아이를 업은 모습을 보면 지금도 마음이 뭉클해진다.

중학교 2학년 때 무용하는 친구와 친했다. 한동네 살던 그 친구의 아버지는 영어 선생님이었는데, 나와 신문 사설의 한자 읽기, 체스 두기를 좋아하셨다. 내 생애 처음 본 앙리 베르뇌유 감독의 영화 〈25시〉도 친구 아버지가 보여주셨다. 친구 아버지를 통해 아버지에 대한 그리움을 채웠다.

그때 나는 무용을 너무 하고 싶었다. 길을 걸을 때도 발레

리나의 손과 발을 흉내 내며 걸었다. 옆집과 우리 집 사이 처마 아래에서 발끝으로 서는 자세와 턴을 꾸준히 연습했다. 무용 선생님은 무용반 아이들보다 내게 높은 점수를 주시며 나의 재능을 안타까워하셨다. 나는 그 친구를 따라 전국에서 열리는 다양한 무용대회를 쫓아다녔다. 한국무용부터 발레, 현대무용까지 눈이 호사하는 절호의 기회였다. 대회에 나가는 친구의 의상을 들고 땀을 뻘뻘 흘렸지만, 무용 의상을 들고 있는 것만으로도 나는 행복했다. 대회 내내 그 친구 대신 내가 춤을 추는 모습을 상상했다.

그 친구와 친구의 아버지를 통해 나는 누군가 기대고 싶어 할 때 흔쾌히 등을 빌려주는 일이 참 고마운 일임을 배웠다. 그들은 가난하고 볼품없는 내게 가만히 등을 내어주었다.

나의 20대는 종교 생활이 전부였다고 해도 과언이 아니다. 주말마다 명동성당에서 살았다. 자연스럽게 청년 활동을 시작하면서 명동성당은 내 인생의 전환점이 되었다. 그곳에서 나는 서울대학을 다니다 그만두고 인도 캘커타에 있는 사랑의 선교회로 떠나는 청년을 만났고, 김대중 후보의 홍보물을 찍다 모처에 잡혀가 치욕스런 고문을 당한 언니가 수녀원에 들어가는 걸 보았다. 홍보물 찍는 걸 주도하신 신부님은 감옥으로, 데모 주도자들도 수감자나 도망자 신세로 전락했다. 그런 와중에도 우리는 노래 가사 "무릎 꿇고 살기보다 서서 죽길 원한다, 훌라훌라!"를 성경 구절처럼 외웠다. 비록 쫓기는 신세였지만 우리는 젊고 건강해서 지칠 줄을 몰랐다. 나는 주식회사 시티즌의 노동조합 설립 건으로 성동경찰서에서 조사를 받았다. 콩밥 먹고 싶냐며 으름장 놓는 형사에게 흰밥보다는 콩밥이 맛있다고 대꾸할 정도로 무모한 젊음이었다. 건강한 젊음이 모여 실현되지 않을 것 같은 일에 겁 없이 도전했다. 많은 젊은이가 무언가에 쫓기는 상황에서도 세상을 바꾸려 했다. 그리고 우리는 스스로 서로의 언덕이 되었다.

남편은 정신이 아픈 사람이었다. 나는 아픈 그를 치유할 수 있다고 자신했다. 그는 사람을 볼 때 부정적인 면을 먼저 보고 판단하는 아주 나쁜 버릇이 있었다. 남이 가진 것에 대해서는 부모 탓을 했고, 자신보다 보잘것없다 싶은 상대에게는 함부로 대했다. 나도 처음엔 그를 고쳐보려고 노력했다. 다독거리다가, 혼자 기도를 열심히 해보다가, 포기도 했다가……. 하지만 답이 없었다. 피폐한 아빠의 정신은 커가는 아이들에게 나쁜 영향을 미쳤다. 더구나 아이들이 커갈수록 폭력은 점점 더 심해졌다. 나도 아이들도 병들어갔다. 가톨릭신자이기에 절대로 이혼은 안 된다고 버텨봤지만, 나도 아이들도 표정 없는 미라가 되어갔다. 대학에 입학한 아들은 자취방을 얻어 내보내고, 고등학교 3학년이었던 딸은 급한대로 집 근처 허름한 고시원에 들여보냈다. 내가 결론을 내야 했다. 상처 받은 이혼이었지만 나도 아이들도 남편을 버렸다는 죄책감에 시달렸다. 회복할 수 없으리라 생각했지만, 3년이 지나자 서서히 평정심을 되찾았다. 삼각형의 세 변처럼 우리는 남편을, 아버지를 버렸다는 자책의 긴 터널을 뚫고 서로의 버팀목이 되었다. 그러나 지금도 가슴 한쪽에는 쓰라린 상처가 남아 있다.

나는 누가 아프다는 소리를 들으면 내 몸이 아파도 뛰어간다. 몸도 마음도 많이 아파봤기 때문이다. 아무것도 해줄 게 없더라도 손 한 번 발 한 번 잡아보러 간다. 밤이 이슥해져 사위가 고요한 시간, 아픈 사람들은 내게 전화를 건다. 나는 창에 기대 전화를 받으며 나를 필요로 하는 이의 벽이 되려고 노력한다. 그리고 아무리 피곤해도 절대 먼저 전화를 끊지 않는다. 보이지 않는 공간에서 우리가 서로의 등에 기대고 있는걸 아니까. 하나가 등을 떼면 벽이 무너지니까. 건강한 몸끼리 마주 안는 것은 기쁜 일이요, 아픈 몸을 껴안는 건강한 몸은 보기에 좋다. 아픈 몸이 아픈 몸을 껴안는 일은 서로의 상처가 될 수도 있으니 조심해야 한다. 건강할 때 아픈 몸을 껴안으려 하지 않는다는 건 인생을 허비하는 것이다. 가만있어도 누군가 살며시 기대온다면 반은 성공한 삶이요, 멀리 있으나 생각만 해도 누군가가 힘을 얻는 이라면 그는 이 세상에 없어도 있는 사람이다. 나는 아직도 누군가의 든든한 벽이고 싶다.

3부

정진하리라,

죽는 날까지

실버 취준생 분투기

이 글은 내가 62세에서 65세까지 겪은 취업 분투기다.

퇴근 시간이 가까운 일자리센터의 취업 창구는 한산했다. 담당자에게 이력서를 내밀었다. 이력서를 훑던 담당자의 입꼬리가 잠깐 묘하게 비틀렸다.

"어떤 일을 하고 싶으세요?"

만면에 미소를 지으며 대응하지만, 내 눈에는 보였다. 이런 것이 무슨 소용이냐는 무언의 압박.

"이력서에 있는 자격증들을 쓸 수 있는 직종이면 좋고요."

"재능이 많군요. 자격증도 많고요. 그런데……."

지금은 자격증 시대라지만 자격증보다 우선순위는 나이다.

"나이가 너무 많죠. 제가 할 수 있는 일이라면 아무거나요."

환갑을 넘은 취업 지망생에게 자격증은 장식품일 뿐이라는 걸 알고 있었다. 직원이 뜸 들이는 동안 혹시나 하는 마음으로 내가 할 수 있는 일들을 재빨리 나열했다.

"사실은 아이들 가르치는 일을 하고 싶어요. 전공이 문예창작이라 도서관에서 독서지도나 글쓰기 수업도 할 수 있고요. 옛날에 놀이방을 몇 년 운영해서 아이 돌보미나 방과 후 하원 도우미 일도 할 수 있습니다. 봉사활동으로 호스피스를 20년 이상 해와서 환자 돌보는 것도 가능하고요. 미술이랑 문학, 음악, 상담 치료 쪽으로 1급 자격증이 다 있어서 상담 치료도 가능합니다, 솔직히."

솔직히, 라고 말해놓고 눈물이 쏟아질 것 같았다. 화려한 자격증을 열거해놓고 갑자기 얼굴이 화끈거렸다. 그동안 무엇 하느라 노후 준비를 하지 못했냐고 문책을 당할 것만 같았다. 그동안 나는 무엇을 했을까? 먹고사는 걱정 없어 병원으로, 복지관으로 봉사 다닌 게 잘못일까? 혼자가 되어 생계를 책임져야 할 수도 있다는 생각을 한 번도 하지 못했던 내 탓이다. 평균수명이 점점 길어진다는 뉴스를 볼 때마다 가슴이 덜컥 내려앉는다. 그래도 나를 업그레이드하기 위해 요 몇 년 자격증이 책장 한 면을 도배할 만큼 열심히 준비했다. 어쩌면 현실을 직면하기가 겁나 자격증 따는 일에 몰두했는지도 모르겠다.

직원도 당황스러웠는지 "험한 일 하실 분 같지 않으시네, 곱게 나이 드셨네" 하며 위로랍시고 몇 마디 거들었다. 이렇게 많은 능력이 사장된다는 게 안타깝다고 이력서를 손에 들고 애석한 표정을 지었다. 연기 굿이다. 나도 안다, 이 마음이 너도나도 구직활동에 나선 초로의 구직자들의 '아직은 대접받고 싶은 알량한 자존심'이라는 걸. 그걸 적당히 다루는 방법을 직원은 정확히 알고 있었다. 그가 잔뜩 근심 어린 표정으로 혹시 청소나 단순 작업 같은 일도 하실 수 있겠느냐며 공손하게 물었다. 재빨리 고개를 끄덕였다. 이제 재고 따지고 할 여유도 없었다. 직원이 새 이력서 용지를 줬다. 이력이나 경력이 화려하면 채용이 어려우니 다시 작성하라는 말에 얼른 순응했다.

어디까지 잘라야 하지? 두 장 빼곡한 이력서를 내려다보다 이력서를 구겨버렸다. 롤러코스터다. '중학교 졸업' 한 줄로 마감한 이력서를 받아 든 직원이 만족한 미소를 지었다. 구인 회사를 훑다 메모지에 전화번호를 적어주며 회사 위치를 친절하게 가르쳐줬다.

1

물어물어 찾아간 P산업은 아현동 재래시장을 지나 몇 개의 골목을 돌아 막다른 곳 구석에 있었다. 창고를 임대한 가건물이었다. 중형트럭만 한 드럼 세탁기 네 대가 돌아가는 우렁찬 소리가 골목 어귀까지 들렸다. 산더미처럼 쌓인 수건 뭉치들 사이로 외국인 노동자들의 검은 손이 재빨리 움직이고 있었다. 사장은 가져간 이력서는 보지도 않고 나이부터 물었다.

"언제부터 일할 수 있으세요?"

"아, 네, 지금 당장이라도……."

"그럼 내일 아침 9시까지 출근하세요."

골목을 몇 개 돌아 굴레방다리를 지나자 바로 찻길이 나왔다. 갈 때는 멋모르고 물어물어 갔는데, 나오다 보니 젊은 시절 직장 동료가 살던 동네였다. 길이 낯익었다.

첫 출근이라 일찍 서둘렀는데도 아가씨들 앞에는 벌써 정리된 수건이 산더미같이 쌓여 있었다. 도대체 몇 시에 출근한 건가? 외국인 근로자들의 열악한 근로 환경의 현주소다. 괜히 특별 대접 받는 것 같아 마음이 언짢았다. 수건 더미를 밀고 앉았다. 사장은 개어놓은 수건을 묶느라 정신이 없었다. 바닥에 앉아 무한정 쏟아지는 수건을 접는 단순노동은 생각보다 쉽지 않았다. 30분도 지나지 않아 어깨가 아팠다. 얼마 전 연골이 찢어진 무릎이 아파왔다. 수건 두 장을 말아 무릎 아래에 고여놓았다. 사장이 지나가다 그걸 보고 웃었다. 이국의 아가씨들은 손을 재게 놀리며 저들끼리 뭐라 수군댔다. 나는 죽어라 속력을 내는데도 따라잡지 못했다. 종종 아가씨들이 나를 쳐다보며 웃었다. 식당에서 점심을 먹었다. 잠시 휴식을 취할 시간도 없이 바로 작업 시작이다.

저녁 6시가 되었다.

"일은 할 만하세요? 내일도 9시까지 오세요."

사장은 대답할 새도 없이 휙 가버렸다. 외국인 노동자들은 퇴근할 기미가 없었다. 나는 수건 더미 속에 처박힌 신발을 꺼내 들고 가야 할지 말아야 할지 잠시 고민에 빠졌다.

"얼른 퇴근하세요."

"다들 퇴근 안 하는데?"

맹하게 묻자, 외국인 노동자들이 자기들은 야근이라며 그냥 가라고 했다. 외국인 노동자들은 어려 보였다. 잘해야 스물 남짓 되어 보였다. 오지랖 넓은 나는 타국에서 고생하는 어린 그들을 생각하며 밤새 잠을 설쳤다.

사흘째 되던 날, 등과 목 근육에 경련이 일었다. 일하는 중에도 자주 일어나 목과 허리 돌리기 운동을 했다. 사장이 물끄러미 쳐다보더니 "빨리하세요" 한마디 툭 던졌다. 외출했던 사장은 퇴근 시간이 되어도 돌아오지 않았다. 옆의 아가씨가 손으로 천천히 하라는 시늉을 했다. 말은 안 통했지만, 엄마뻘도 더 되는 내가 애쓰는 게 안쓰러운 모양이었다. 고맙기도 하고 미안하기도 해 뭔가 표현하고 싶어도 영어도 아닌 그들의 언어로 소통하는 것은 불가능했다. 아가씨들은 일하면서도 옆 사람과 계속 재미있게 대화를 나눴다. 타국에서 지내는 것이 외로울 텐데 그나마 다행이었다. 일에만 열중해도 나는 그들을 따라잡지 못했다. 퇴근 시간이 지나자 아가씨들이 퇴근하라고 손짓했다. 딱해 보였나 보다. 사장이 없어 망설이다 아가씨들에게 인사를 하고 건물을 나섰다.

바깥은 추적추적 가랑비가 내렸다. 굴레방다리 아래에서 할머니가 호박잎을 팔고 있었다. 노점상 할머니에게서 호박잎을 샀다. 밥해 먹을 힘도 없었지만, 할머니가 우중에 장사하는 게 마음에 걸렸다. 매사 이 모양이다. 이런 성격도 성격장애의 일종이 아닐까? 지금 누가 누구를 배려 하나 싶었다. 저녁도 하지 못한 채 나는 밤새 앓았다. 파스를 온몸에 덕지덕지 붙이고도 몸이 부서질 것처럼 아팠다.

첫 취업은 닷새 만에 끝났다. 망설이고 망설인 끝에 나는 사장에게 문자를 보냈다.

'죄송합니다. 힘에 부쳐서 못하겠습니다. 그동안 일한 임금을 보내주시면 감사하겠습니다. xx은행, 계좌번호 xxx-xxxx-xxxx-xxx, 아무개.'

딱 하루 동안 한 시간에 몇 번씩 핸드폰을 확인했다. 전화를 걸까 말까 망설이다 그냥 포기했다. 사장한테서는 영영 아무런 답도 오지 않았다. 파스와 버스 비만 날렸다. 나 말고 다 외국인 근로자인데, 사장은 왜 나를 채용했을까?

2

학력과 경력을 없애고 그동안 쌓아온 모든 것을 버리니 취업은 쉬웠다. 역시 일자리센터 직원의 충고는 적중해서 한 방에 백화점 청소부 자리를 얻었다. 나는 주문을 외웠다. 너는 할 수 있다. 너는 해야 한다. 나의 다짐은 엄청난 용기가 필요했다.

첫날 지하 식품부.

아침 조회 시간, 고객에 대한 친절 교육을 받고 인사를 복창한 다음 그날의 일터와 청소에 필요한 용품을 배당받았다.

둘씩 짝을 지어주었다. 짝꿍은 나보다 다섯 살 아래였지만 손자가 초등학교 3학년이란다. 오랜 경력을 쌓은 그녀의 일머리는 경이로웠다. 자그마하니 땅땅한 몸매를 어찌나 재게 놀리는지 차마 그 뒤를 따라잡지 못해 대걸레를 질질 끌었다. 그녀는 내게 대걸레를 질질 끌면 CCTV에 찍힌다고 질겁했다.

"걸레는 항상 앞으로, 알았지요?"

그녀는 '항상 앞으로'를 대여섯 번이나 복창하면서 얼굴이 빨개졌다. CCTV에 찍힐까 봐 엔간히 겁이 나는 모양이었다.

"한 손은 대걸레 위를 꼭 잡고, 다른 한 손은 중간 지점을 잡아 돌려가며 마포질을 해야 깔끔하게 된다고요."

설명은 쉬워도 막상 하려면 어려웠다. 신입 교육 잘못시키면 자기가 문책당하니 잘하라며 그녀가 어깨를 들썩였다.

쉬는 시간이 되자 짝꿍 아줌마의 수다가 시작됐다. 쉴 새 없이 지껄이는 와중에 무심한 척 내 신상에 대한 질문을 던졌다. 요 몇 년 혼자 조용히 살던 버릇이 들어 있던 나는 죽을 맛이었다. 육체를 놀리는 일보다 이야기를 듣는 일이 더 힘들었다. 최선을 다해 고개를 끄덕여 장단을 맞추는 일, 감탄사를 섞는 일, 적당한 질문을 준비하는 일을 시 쓸 때보다 더 골똘하게 했다. 그래도 열심히 분위기를 맞췄다. 결혼하고 35년간 매일 하던 청소였으나, 백화점 청소는 손에 익지 않아 짝꿍 아줌마의 잔소리를 계속 듣다 보니 정신이 혼미했다. 짝꿍 아줌마는 내 실수를 즐기는 것 같았다. 전문가의 긍지려나.

변기 뚜껑에 입이 닿도록 코를 박았다. 변기 몸통을 닦고, 뚜껑을 닦고, 변기 속을 닦으면서 이 일로 밥을 먹을 수 있음에 감사하자고 중얼거렸다. 때로는 중얼거림이 약이 되기도 한다. '괜찮아, 괜찮아. 잘했어.' 혼자 묻고 답하면서 청소 아줌마들의 신입이 되었다. 점심시간에 청소 아줌마들이 모였다. 계단 밑 공간에 라면 상자를 깔고 둘러앉아 왁자지껄 수다가 시작되었다. 신입은 김밥과 사과로 신고식을 치러야 한다고 짝꿍이 귀띔했다.

둘째 날, 1층.

신입의 첫 번째 임무는 되도록 빨리 전 층을 돌며 백화점 구조를 익히는 것이다. 1층 엘리베이터가 가동되기를 기다리는 동안 엘리베이터 문과 주변 벽을 닦았다. 엘리베이터 앞 휴지통도 손자국 하나 없이 닦고 액자나 팻말도 먼지 한 톨 없이 닦았다. 엘리베이터를 탄 뒤에는 안쪽 문과 벽, 틈새를 손 닿는 곳까지 닦았다. 엘리베이터가 올라가기 전에 순식간에 해치워야 하는 게 포인트다. 특히 층 표시는 지문이 많이 묻으므로 신경 써서 닦아야 한다고 짝꿍이 일러줬다. 넓은 홀은 청소 아저씨들이 청소차를 몰고 다니며 닦았다. 청소차가 신기해 돌아보다가 넘어질 뻔했다.

밖으로 난 대형 유리창과 쇠창살은 양손으로 동시에 닦는다. 어설픈 나는 자꾸 한쪽 걸레를 떨어트렸다. 유리를 닦은 걸레로 홀 중간에 있는 소파를 닦다가 짝꿍에게 혼이 났다. 내 딴에는 시간을 절약한답시고 그런 것인데, 유리 닦던 걸레로 소파를 닦으면 나중에 유리를 닦을 때 그 먼지가 앉는다고 성질을 부렸다. 백번 맞는 말이다. 청소도 요령이 있다. 백화점 청소는 집 청소와는 비교가 되지 않게 청결을 요구한다. 고객들이 잠시 앉아 쉬는 소파를 걸레로 닦고, 건물 주변에 떨어진 쓰레기는 없나 확인하느라 잠시도 쉴 틈이 없었다.

점심시간, 김밥과 음료수, 사과를 사 들고 아줌마들이 모여 있는 계단 밑 공간에 갔다. 라면 상자를 펼쳐 자리를 만들었다. 수다 삼매경에 한창 빠져 있는데, 반장에게서 전화가 왔다. 식품부의 채소류 냉장고 밑에 물이 떨어졌으니 어서 가보라는 불호령이었다. 총 근무시간은 열 시간, 점심시간과 쉬는 시간을 합치면 두 시간 정도 되지만 실은 쉬는 시간이 따로 정해져 있는 것은 아니다. 고로 눈치껏, 요령껏 몸을 쉬어야 한다. 매장을 한 바퀴 돌면서 마포질을 하고 나면 숨이 찼다. 숨 쉴 때마다 명치와 가슴이 쪼개지듯 아팠다. 지병인 심장병 탓이다.

요령껏 움직여야 하지만, 요령이란 일이 몸에 익숙해져야만 가능하다. 더구나 나는 고관절염과 퇴행성관절염, 골다공증을 합친 부실한 몸이다. 처음 하는 청소일이기도 하지만 요령을 피울 줄 모르니 몸만 힘들었다. 남편이 벌어다 주는 돈으로 살뜰히 살림만 하던 나는 예순이 넘은 나이에 겪는 노동이 익숙해지지 않았다. 집안일이라고 해도 4대가 사는 대가족이어서 엄청나게 많은 일을 했는데도 말이다.

셋째 날, 2층.

아침부터 몸이 좋지 않았다.

"그렇게 약해 빠져서 이 일을 어떻게 하겠어요."

"그러게요."

여기저기 파스를 붙인 나를 본 짝꿍은 뭐가 못마땅한지 나를 쫓아다니며 투덜거렸다. 내가 부족한 만큼 자기 일이 늘어나니 그럴 수도 있겠다 싶었다. 그래도 나보다 어린 그녀에게 종일 핀잔을 듣다 보니 은근히 화가 치밀기도 했다. 화낼 일이 아니라 미안해할 일인 줄 알면서도 화가 났다. 일이 힘에 부치니 입이 마르고 갈증에 시달렸다. 이번엔 오래 다녀야 한다고 최면을 걸어보았지만 점점 다리에 힘이 빠졌다. 점심시간이 끝나고부터 현저히 체력이 떨어지더니 3시 반쯤 다리가 풀려 주저앉았다.

잘 버티나 싶었는데 오늘이 또 마지막 출근이 될지도 모르겠다는 불길한 생각이 들었다. 퇴근 시간에 반장이 내일은 쉬라고 했다. 오랜 경험으로 신입은 일을 시작하고 난 사흘쯤에는 몸살이 나는 걸 아는 모양이다. 하루 푹 쉬고 영양을 잘 섭취한 뒤 모레 보자는 반장의 손을 덥석 잡고 나도 모르게 감사하다고 머리를 숙였다. 정말 고마웠다. 나중에 알고 보니 누구나 사나흘에 한 번씩 쉬었다. 나만 견디기 힘든 건 아닌 것 같아 위로가 됐다. 퇴근길에 소고기를 사 구워 먹었다. 몸이 견디려면 컨디션을 잘 유지해야 한다는 반장의 말이 아니라도 이렇게 하지 않으면 견뎌낼 방법이 없었다.

넷째 날, 지하 슈퍼.

하루 쉬었는데도 출근하는 발걸음이 무거웠다. 처음이라 몸이 적응하기 힘들 거라면서 반장은 나를 지하 식품부로 보냈다. 얼마나 버티나 보자는 뜻으로 느껴져 일을 시작하기도 전에 맥이 풀렸다. 식품부는 다른 매장보다 마포질을 자주 해야 해서 체력이 달렸다. 한 시간 일하고 나니 배가 고파 두유 두 개를 샀다. 짝꿍과 화장실로 들어가 얼른 마시고 나왔다. CCTV에 찍힐까 노심초사했다. 나는 마포질이 익숙하지 않기도 하지만 워낙에 힘을 쓰지 못했다. 걸레를 바닥에 끌고 다니다가 반장에게 딱 걸렸다. 걸레를 바닥에 끌면 자국이 남는데 청소를 하는 건지 더럽히는 건지 모르겠다며 반장이 호통을 쳤다. 손발이 벌벌 떨리도록 일했지만, 다른 사람들을 따라가려니 힘에 겨웠다.

"죄송합니다. 아무리 노력해도 제 몸이 따라주지를 않아서요."

"그렇게나 힘이 없는데 이런 일을 한다고 나섰어요?"

"그러게요."

반장도 어이가 없는지 내 등을 툭툭 두드리더니 일단 자리로 돌아가라고 했다. 10분에 열 번도 더 시계를 쳐다보며 퇴근 시간을 기다렸다. 후들거리는 다리를 끌고 라커 룸에 들어서자 반장이 다가왔다.

"어때요? 계속할 수 있겠어요?"

"……"

"그동안 애쓰셨어요. 일이 고돼서 계속하기 힘들 거예요.

원래 일하시던 분들도 그 나이에는 그만두세요. 괜히 병원 신세 지지 말고 쉬세요. 그동안 수고하셨어요. 사무실 가서 퇴직 순서 밟으시고, 일주일 후 통장 확인하세요. 근무 기간이 짧아 퇴직금 없는 거 아시죠?"

"……."

반장의 말은 다 옳았다. 내 입으로 그만두겠다는 말을 하지 않아도 돼 다행이었다. 정확히 사흘 뒤, 통장에 생각보다 많은 돈이 들어왔다. 휴무 날 임금까지 친 것이다. 그 금액을 한참 쳐다보다 보니 세탁 공장 사장이 떠올라 입맛이 썼다.

3

낯익은 전화번호가 떴다.

"건물 청소는 하실 수 있겠어요? 신규 입점하는데 매장 청소는 아니고요. 화장실과 사무실만 하면 되니까 백화점보다 쉬울 거예요."

벌써 백화점 그만둔 걸 어떻게 알았는지 일자리센터에서 연락이 왔다. 요즘은 일자리 구해주는 것도 실적인 것 같았다. 그동안 육체노동으로 얼굴이 반쪽이 된 나는 갑자기 생기가 돌았다.

"네, 이력서랑 주민등록등본, 증명사진 두 장 가져가면 되지요?"

얼마 전 집 근처에 있는 G마트가 망했다는 소문과 함께 L마트가 들어선다는 소문을 들었는데, 그게 사실인가 보았다. 집에서 걸어 다닐 수 있는 곳이라 차비는 안 들겠다 싶어 기뻤다.

마트 1층에 있는 맥도날드 안의 임시 문을 통해 건물에 들어섰다. 공사로 인한 분진으로 앞이 보이지 않았다. 손수건으로 입을 막았다. 엘리베이터를 타고 5층으로 올라가 다시 4층으로 내려오니 임시 사무실이 보였다. 건물에 들어선 지 5분도 채 되지 않아 가슴이 조이고 아팠다. 남자 직원이 청소 도구는 창고에서 알아서 가져다 쓰라고 했다. 청소 구역은 사무실 1층 현장 직원용 남자 화장실과 화장실 옆 비상계단 1층부터 8층까지, 그리고 지하 2층부터 지하 7층까지 있는 주차장이란다.

"저 혼자 그걸 다 해요?"

어쩐지 예감이 좋지 않았다.

"할 거 없어요. 슬슬 돌아다니다 쓰레기 보이면 줍고, 화장실은 물기 없게 닦고, 계단은 마포질 하시면 돼요."

남자 화장실에 드나들며 화장지 채우고, 휴지통 비우고, 짬짬이 8층을 오르내리며 계단 마포질 하는 일이 백화점 청소 일보다 몇 배 힘들었다. 공사 분진으로 청소는 하나 마나였다. 사무실 귀퉁이에 앉아 집에서 싸 온 주먹밥을 먼지와 함께 먹으니 눈물이 났다. 주차장으로 향하는 다리가 흔들리기 시작했다.

공사 중인 지하 주차장은 어둡고 더러웠다. 나무토막, 시멘트 덩어리, 광고지, 껌, 과자 부스러기, 가래침까지. 혀를 빼 입술을 축이면 먼지가 씹혔다. 물 마실 곳조차 없었다. 1층 맥도날드 매장을 기웃거리다 편의점에서 물을 샀다. 문 앞에서 물 한 병을 단숨에 다 마셨다. 지하 5층부터는 캄캄했다. 시멘트 작업만 끝낸, 캄캄하고 넓은 공간은 으스스했다. 왠지 무서워 가끔 뒤를 돌아다보며 온갖 잡동사니 쓰레기를 주워 담았다. 공사 중이라 엘리베이터도 운행하지 않았다.

엉금엉금 기다시피 해 지하 7층에서 4층 사무실까지 올라갔다. 직원에게 더는 못하겠다는 말을 남기고 집으로 돌아왔다. 용역회사에 전화를 걸어 세 사람이 해도 못할 일을 어떻게 한 사람에게 시킬 수 있느냐고 항의하자, 담당자는 대충하지 그랬냐며 오히려 면박이다.

좀 쉬어야지 하는데 문자가 왔다. 일자리센터였다. 이쯤 되면 스토커 수준이었다.

'병원 청소 해보실래요?'

문자를 무시했다. 어째 기분이 묘했다. 일자리센터 직원이 자기 실적을 올리려고 나를 뺑뺑이 돌리는 느낌이었다. 뉴스에 나오는 취업률이 진짜인지 의심스럽다. 이런 식으로 한 사람을 한 달에 몇 군데씩 돌리면 취업률은 가파르게 오를 것이다. 세탁 공장 사장이 떠올랐다. 며칠씩 일하고 그만두는 노인 취업자를 쓰면 임금도 없이 일 시키고, 절세도 되고, 꿩 먹고 알 먹기 아닐까. 능력대로 취업을 시켜야지 이렇게 무작위로 취업을 시키는 게 무슨 의미가 있을까. 탁상공론이거나 짜고 치는 고스톱, 둘 중 하나일 것 같다. 이제 청소라면 신물이 났다.

버스 정류장을 지나치는데 광고가 보였다. '어린이집 주방 선생님 구함.' 쉬려던 마음을 접고 전화를 걸었다. 이력서와 증명사진을 챙기면서 '이게 벌써 몇 번째지? 이번만은 좀 오래 일할 수 있으면 좋겠다' 하고 생각했다. 주방 일에 선생님은 무슨 선생님인가 싶어 혀를 끌끌 찼다.

4

어린이집은 우리 집 길 건너 아파트 1층에 있었다. 원장은 나를 보더니 나이가 좀 많으시지만 깔끔하실 것 같다며 월급이 30만 원인데 괜찮으시겠느냐고 물었다. 맙소사 한 달에 30이라니. 아무리 세 시간짜리 일이라 하더라도 주말까지 치면 시급이 4천 원도 안 된다. 원장이 말하기를, 조리된 급식을 제공하는 것이 어린이집 개원 시 필수 항목이어서 할 수 없이 채용한다며, 자기가 해도 충분하단다. 잠시 고민하다가 집에서 노는 것보다는 낫다고 내가 나를 설득했다.

오전 10시, 어린이집에 출근해 바로 아기들 간식을 준비했다. 간식 접시를 설거지한 후 점심 준비에 들어갔다. 11시 30분, 밥 안치기 전 반찬 네 가지를 찌고 볶고 끓였다. 정신이 하나도 없었다. 손을 기계처럼 움직여도 시간이 부족했다. 사흘은 좀 힘들었지만, 평소 하던 부엌일이라 그런지 금방 적응됐다. 조금씩 여유가 생겼다. 대화 중에 내가 문예창작과 출신인 걸 알게 된 원장은 시간 되실 때 아기들에게 할머니가 이야기 들려주는 수업을 하면 좋겠다고 했다. 봉사로 하시면 보람되지 않겠냐는 말에 어이가 없어 원장을 빤히 쳐다봤다. 저임금에 공짜로 아이들 수업까지 시키려 들다니. 이럴 땐 그냥 무시가 답이다.

아이들의 식단은 매주 주말 계획표와 함께 나간다. 인쇄물을 보고 웃음이 났다. 식단은 영양밥에 반찬도 다채로웠다. 실상은 원장이 퇴근하며 들른 마트에서 그날그날 떨이로 재료를 샀다. 식단 맨 밑에 별표까지 쳐서 집어넣은 문구가 함정이었다. '메뉴는 사정에 따라 바뀔 수 있습니다.' 원장과 선생님들이 내가 한 반찬이 맛있다고 하니, 어쨌든 열심히 했다. 이제 내게 딱 맞는 일을 찾았다고 생각했는데, 문제는 보수였다. 최소 생활비가 되지 않았다. 놀면 뭐 하겠는가. 그래도 아기들을 보면 힐링이 되었다. 내 손주들 밥해 먹이던 생각이 나 일이 즐거웠다.

금요일은 아이들이 소방서로 현장학습을 가는 날이었다. 새벽 4시에 일어나 아이들이 먹는 모습을 생각하며 김밥을 일일이 하트 모양으로 쌌다. 원장은 같이 가자 했지만 거절했다. 함께 가면 아이들 밥 먹이는 뒷바라지는 물론 아이들 안전까지 모두 내가 책임져야 한다. 원장은 아쉬워했다. 급여는 코딱지만큼 주면서 이 핑계 저 핑계 대며 나를 부려먹으려는 원장의 속셈이 보였다. 얄미웠다. 새벽부터 일어나 김밥 만드느라 잠도 못 잤는데, 현장학습까지 따라가 원장 수발을 들 수는 없었다. 나도 이제 세상인심에 조금씩 눈이 뜨이는 모양이었다. 어쩐지 그게 또 서러웠다. 본래의 나를 잃어가는 것 같았다.

일주일이 지났다. 한 주가 시작되는 월요일, 씻어놓은 지 오래되어 누런 쌀을 냉장고에서 꺼내 밥하라는 원장과 부딪혔다. 손가락으로 쌀을 비비니 식혜 밥알처럼 끈적이면서 쉽게 뭉개졌다. 이 쌀은 내가 오기 전부터 있었다. 몇 번을 씻어도 이상한 냄새가 나서 밥을 할 수 없다고 했지만, 원장은 괜찮다고 자꾸 그 쌀로 밥을 하라고 요구했다. 괜찮다고 우기는 원장을 이길 수 없어 밥을 안쳐놓고 심란했다. 커피색 밥이 되었다.

원장은 그 밥을 14개월 된 자기 아이에게 보란 듯이 먹였다. 다른 아이들에게도 먹이라는 무언의 시위였다. 고등어는 신선도가 떨어져 산산이 부서졌고, 채소는 오래되어 물렀다. 선생님들이 불안하게 원장을 바라보다가 식판을 들고 각자 방으로 들어갔다. 아이들은 8개월 영아부터 네 살까지 있었다. 여기까지인가 보았다. 굶어 죽어도 아이들에게 이런 음식을 먹이는 부당한 일을 할 수 없었다. 만약 문제가 생기면 주방을 맡은 내가 책임져야 했다. 저 어린 아기들에게 이런 걸 먹이다니. 부모들이 알면 당장 경찰에 잡혀갈 일이다. 집으로 가는 신호등 앞에서 문자를 보냈다.

'일 그만두겠습니다. 다른 사람 구하세요.'

원장은 확고한 내 결심을 이미 눈치챘는지 다른 말 없이 계좌번호를 보내달라고 했다. 교육청에 신고할까 말까 고민하다 그만뒀다. 같은 동네라 자주 볼 수밖에 없는데 껄끄러운 일을 만들고 싶지 않았다. 그래도 마음이 불편했다. 같이 일하는 선생님들이라도 원장에게 직언하면 좋겠는데, 선생님들도 직장을 계속 다녀야 하니 쉽게 신고할 마음을 먹지 못하는 것 같다.

5

집에 오자마자 인터넷을 켰다. '아기 돌봄'을 입력하니 무료로 돌봄이 필요한 가정과 연결해주는 사이트가 나왔다. 신상 정보와 함께 오래전 집에서 놀이방을 운영했던 사진과 이야기를 적어 올렸다.

일주일 후, 11개월 된 여자아이를 돌보고 집안일을 해줄 수 있느냐는 전화가 왔다. 입주를 제시하며 보수는 원하는 대로 주겠다고 했다. 나는 예민해서 남의 집에서 잠을 자지 못한다고 했더니, 아기 엄마가 저녁 시간에 면담을 요청했다. 면담

때 놀이방을 운영하던 모습과 손주들 간식 조리 과정이 담긴 사진을 보여줬다. 나한테 신뢰감을 가지는 눈치였다. 그때 안방에서 할머니가 나오셨다. 할머니 계시다는 말은 못 들어서 난감했다. 할머니를 도와줄 일은 없고 점심과 저녁만 드리면 된단다. 집에 어른이 계시면 여러 가지 할 일도 많지만, 어르신과 신경전을 벌여야 하는 일이 생긴다. 그리 반갑지 않은 환경이었다. 시집살이 아닌 시집살이를 하게 됐다. 나쁜 예감은 항상 틀리지 않았다.

아기는 처음 보는 나를 보고도 낯을 가리지 않았다. 까다롭지 않은 아기여서 마음이 놓였다. 아기가 나를 잘 따라주어 다행이었지만, 50평이 넘는 집을 청소하느라 첫날부터 진을 뺐다. 이유식을 만들어 먹이고 동화책을 읽어주라는 아기 엄마의 요구는 들어줄 시간이 없었다. 할머니는 손끝 하나 움직이지 않고 세 끼 밥만 드셨다. 밥이나 반찬에 대한 요구사항이 많았다. 할머니가 아기를 전혀 돌보지 않아 화장실에 갈 때도 아기를 안고 가야 했다.

일하는 짬짬이 아기를 쳐다보며 마음이 아팠다. 하루 일했지만, 앞으로도 이렇게 집안일을 병행하면서 책임감을 가지고 아기를 돌볼 자신이 없었다. 나는 아기 엄마에게 청소 도우미 비용은 아기 돌봄비에서 지출할 테니 청소 도우미를 쓰자고 제안했다. 아기 엄마는 집에 다른 사람 들이는 것이 신경 쓰이는지 난색을 지었다. 하지만 아기가 처음 보는 나를 잘 따르니 아기를 진정으로 사랑하시는 것 같다며, 청소는 자기네가 알아서 할 테니 아기만 잘 봐달라고 사정했다. 앞으로 청소는 할머니가 하고 나는 아기에게만 집중하기로 했다.

이튿날, 세 끼 각기 다른 이유식을 정성껏 끓여 먹이니 아이가 입맛을 다시며 잘 받아먹었다. 금방 조리한 이유식이라 그런 듯했다. 지난번 돌보미는 한 번에 많이 조리해 냉동실에 넣어두고 일주일씩 데워 먹였다고 했다. 아기가 이렇게 잘 먹는 모습은 처음 봤다며 할머니도 좋아하셨다.

청소를 하지 않아도 종일 바빴다. 점심, 저녁으로 할머니 식사를 차리고, 세 끼 이유식 재료를 준비해 조리하고, 아기 목욕과 빨래까지 했다. 다행히 아기가 이유식을 잘 먹고 잘 노니 가족들 모두 좋아했다. 나도 기뻤다. 내가 아기와 노는 소리로 거실이 가득 찼다. 아기들은 몸으로 놀아줘야 좋아한다. 아기와 뒹굴며 노는 내가 못마땅한지 할머니가 청소하면서 툴툴거렸지만, 못 들은 척 넘겼다. 아기는 할머니에게 잘 가지 않았다. 그동안 할머니와의 관계 형성이 잘 이루어지지 않은 모양이었다. 할머니는 손녀딸을 예뻐하는 듯했지만, 할머니가 아이를 안거나 업어주는 모습은 한 번도 보지 못했다. 몸을 유난히 아끼시기도 했다. 할머니의 각종 건강식품과 영양제가 싱크대 서랍 한 칸을 차지했다.

저녁때가 되자 할머니는 전기를 아낀다고 거실 불을 껐다. 아기가 칭얼댔다. 거실 등을 모두 켜자 다시 잘 놀았다. 아기가 있는 집은 밝아야 한다. 시력에도 문제가 생기지만 성격에도 문제가 생긴다. 아기들은 밝은 데서 키워야 밝은 성격으로 자란다. 어른도 어두컴컴한 집에 있으면 우울증에 걸린다. 냉장고를 다섯 대씩 돌리면서 막상 거실 불은 켜지 못하게 하는 할머니를 이해할 수 없었다. 냉장고엔 각종 곡식과 건어물이 넘쳐났다. 집에서 밥 먹는 사람은 할머니와 아기뿐인데 냉장고 다섯 대가 왜 필요한지 알 수 없었다.

전날 잠을 못 잔 탓인지 아침부터 아기가 보챘다. 아무것도 먹지 않더니, 11시 반부터 세 시간을 내리 낮잠을 자고 일어났다. 그제야 아기는 기분이 좋아 보였다. 밤으로 만든 이유식을 쩝쩝거리며 맛있게 먹었다. 할머니는 날이 갑자기 추워지니 목욕부터 시키자고 했다. 목욕을 끝내고 나오자 할머니가 노발대발했다. 이유식 먹인 그릇을 치우지 않았다는 것이다.

"아기 잘 때 뭐하고. 주방이 이게 뭐요?"

이유식 먹인 아기 그릇과 수저가 물에 담겨 있었다.

"아기 잘 때 주방은 다 치웠고요. 이건 낮잠 자고 일어난 후에 먹인 그릇이에요. 금방 치울게요."

"저번 이모는 아기 잘 때 같이 자도 일 다 해놓고, 아기 일어나면 같이 뒹굴고 놀았는데. 도대체 일을 하는 건가, 마는 건가?"

할머니는 청소를 맡은 일로 심기가 불편했는데, 그 불편함을 이런 식으로 푸는 것 같았다.

"아기 잘 때 늘어논 게 아니고요. 아기가 자다 깬 후에 이유식 먹인 거라고요."

"뭘 잘했다고 말대꾸는. 어른이 말하면 네, 다음엔 그렇게 하겠습니다, 할 것이지."

"그게 아니고 상황을 설명하는 거지요."

"상황? 이 상황을 보고 그런 말이 나와?"

"이유식 먹이자마자 할머니께서 목욕시키자고 하셨잖아요."

"아기 잘 때는 뭐 했냐고?"

할머니의 말은 같은 자리에서 맴돌고 있었다.

"할머니, 제가 할머니와 지내는 게 힘들 것 같네요."

"뭐야, 그만두겠다는 거야?"

"할머니 마음에 들게 일할 수 없으니, 저도 답답합니다."

"우리 집은 할 일 없어. 뭐, 무슨 할 일이 있어? 저번 이모는 맨날 아기 끼고 잠만 자더구먼."

그러니 아기가 영양실조에 걸리지 않았느냐고 말하려다 말았다. 무슨 말이 먹히겠는가.

"저는 할머니하고 잘 지내고 싶은데요. 제가 능력 부족이네요. 아무래도 빨리 그만두는 게 좋겠어요. 아기도 돌보는 사람이 자꾸 바뀌면 좋을 거 없고요. 저랑 정들기 전에 그만두는 게 낫겠어요."

할머니와 잘 지내지 못하리라던 내 우려는 정확했다. 옛날에 식모를 마음대로 부리던 버릇이 몸에 밴 할머니와 나는 서로 평행선을 달릴 뿐이었다.

"이 사람이 말귀를 못 알아듣네. 박카스 파는 것보단 이 일이 훨씬 떳떳하지."

"네? 박카스를 팔다니요?"

"공원에 가면 얼굴 반반한 좀 젊은 할마시들이 할아버지에게 박카스 팔잖아."

"그게 무슨……?"

"눈치 없기는. 자네처럼 얼굴 반반한 할마시들이 '박카스 사세요' 하면 할아버지들이 5천 원, 만 원으로 몸을 산다잖아. 그것보다는 우리 집에서 일하는 게 백번 낫지 않겠어?"

내가 그만두면 딸에게 꾸지람 들을 걱정에 할머니는 아무 말이나 던졌다. 선을 넘어도 한참 넘었다. 아기 엄마에게 전화했다. 집으로 달려와 상황을 다 들은 아기 엄마가 당황해하며 사과했다. 그러나 할머니가 같이 계시는 한, 똑같은 일이 계속 벌어질 터였다. 휘청거리며 아이 집을 나섰다. 할머니가 뒤에서 고래고래 소리를 질렀다.

집에 돌아오는 내내 울지 않으려고 입술을 깨물었다. 입술에서 피가 배어났다. 아무 생각도 나지 않았다. 망치를 얹은 것처럼 머리가 무거웠다. 슈퍼에 들러 대용량 맥주 두 개를 샀다. 두통약을 꺼내 먹다 이쯤에서 생을 마감한들 아까운 생도 아니라는 생각이 들었다.

내가 사는 아파트는 정서향이라 저녁노을 지는 풍경이 일품이다. 와인 잔과 맥주병을 들고 베란다로 나갔다. 북한산을 배경으로 노을이 핏빛으로 물들고 있었다. 풍경이 죽였다. 이 풍경 속에서 죽는 것도 괜찮겠다 싶었다. 와인 잔을 치켜들었다. 잔에 담긴 맥주가 노을에 붉게 물들었다. 맥주에서 와인 맛이 날 것 같았다. 오후 6시, 베란다에서 일몰을 바라보며 술을 마시기 시작했다. 취기가 오르기 시작하자 자꾸 웃음이 나왔다.

그동안 나는 무엇을 위해 그리 열심히 살았던가. 남편과 밤새 싸웠을 때도, 죽을 듯 아팠을 때도, 남편이 바람피웠다는 얘기를 듣고 일주일을 굶었을 때도 식구들 밥은 악착같이 차렸다. 밥하는 일을 생명을 지키는 일이라고 믿었던 걸까? 35년 밥순이의 마지막은 허망했다. 노을이 와인 잔 안에서 찰랑거렸다. 부질없는 내 생에 자꾸 헛웃음이 났다. 미친 걸까? 미쳐가는 걸까? 이래도 저래도 좋았다. 나를 여기서 끝낼 수 있다는 사실에 황홀했다. 약통에서 약을 꺼냈다. 술 한 모금에 약 몇 알씩 입에 털어넣기 시작했다. 소염제, 진통제, 두통약을 안주로 맥주 두 병이 술술 넘어갔다. 약이든 술이든 많이 먹으면 영원히 잠들 수 있지 않을까? 복잡한 인생도 이제 안녕이었다. 약통 한구석에 있던 시신기증동의서와 장기기증증서를 꺼내 식탁 위에 놓고 안방으로 들어갔다. '먼지로도 남고 싶지 않다'는 문장과 함께 잠이 들었다.

그날, 구차한 생을 버리고 죽어버리려던 그 일은 동창이 이상한 낌새를 눈치채 무산됐다. 평소에 문을 잠그지 않고 살던 내가 겹겹이 문을 잠그고 그 일을 실행했음에도 불구하고 말이다. 구급차와 경찰차가 왔다. 걸쇠를 채운 현관을 열 수 없자 119소방대원이 윗집 베란다로 올라가 자일을 타고 우리 집 베란다로 진입했다. 베란다 창문을 잠그는 걸 깜빡했다. 동창은 그동안 고마웠다고, 부디 잘 살라던 나의 전화를 받았다고 했다. 나는 전화한 기억이 없었다. 시각장애를 가진 동창은 자기가 우리 집에 갈 수 없으니 우리 동네 가까이 사는 친한 후배에게 연락했다. 내가 많이 아픈 것 같으니 집에 가보라고 했단다. 우리 집에 자주 놀러 왔던 그 후배는 평소에 열려 있곤 했던 현관문이 잠긴 걸 보고 느낌이 이상해 119에 구조 요청을 했다. 잠긴 문을 열기 위해 경찰도 왔다. 집에 들어온 후배가 나를 일으켜 앉히고 재빨리 허리를 뒤에서 끌어안아 바짝 압박했다. 나는 술과 약들을 토해냈다. 몇 번의 토사 후 정신이 들었다. 이 후배는 간호사 출신이었다. 그렇게 자살은 해프닝으로 끝났다.

내 주변에는 사람이 참 많다. 먹이기, 주기, 이야기하기 좋아하는 내 성격 탓이다. 그런데 나는 어쩌다 세상을 등지려 했을까? 왜 어디에도 속하지 못했을까? 고생을 모르고 살아서? 그런 생각을 하다가 결혼 생활 내내 남편 때문에 마음고생한 기억이 떠올라 억울했다. 남편과의 일로 드라마 〈사랑과 전쟁〉의 각본을 쓰라면 100편도 더 쓸 수 있을 것이다. 내 치부이기에 어디에도 말하지 못했다. 아직은 보이고 싶지 않았다. 내 아이들이 받을 상처 때문이다. 억울해도 함구할 수밖에 없었다.

6

짐을 쌌다. 언니가 비워둔 집에 임시로 살고 있었는데, 아무래도 이 집은 내 집이 아니었다. 내게 많은 것을 베풀어준 언니에게 하마터면 큰 상처를 줄 뻔했으니 떠나는 게 옳았다. 강화도로 가 무상 거주자가 됐다. 강화도는 추웠다. 함께 사는 분들의 배려로 요양보호사 교육을 받았다.

교육이 끝나고 실습 간 곳은 김포에서 가장 큰 요양병원이었다. 2주는 요양병원에서, 2주는 주간보호센터에서 실습했다. 오랫동안 호스피스를 해온 덕에 실습이 어렵지 않았다. 다른 실습생보다 앞장서 일했다. 이 일을 잘할 수 있을 것 같았다. 그런데 목욕하는 날, 목욕실 앞에 어르신들을 줄 세워놓고 목욕을 시키다 그만 내가 쓰러지고 말았다. 뼈가 드러나게 마른 어르신들을 씻기며 돌아가신 엄마가 떠올랐다. 뼈만 앙상히 드러난 얼굴과 옆구리, 살이 없어 시퍼렇게 멍들어 있던 엉덩이가 생각났다. 그 모습 위로 내가 겹쳐졌다. 나의 미래를 보는 것 같아 등골이 오싹해졌다. 갑자기 목이 막히고 현기증이 났다. 그렇게 정신을 잃었다. 그동안 열심히 앞장서 일하던 내가 쓰러지자 같이 교육받던 사람들은 어리둥절해했다.

주간보호센터에는 대부분 치매에 걸린 어르신들이 오셨다. 치매 정도가 경증이라 다행히 소통할 수 있고 오락도 가능했다. 원체 낯을 가려 남 앞에 서지 못하지만, 어르신들 앞에서는 노래도 하고 춤도 췄다. 포장된 나를 하나씩 벗어버리고 다섯 살 어린아이처럼 뛰어놀았다. 이전의 나라면 할 수 없던 일들을 용감하게 하기로 작심했다. 그래, 인생 이모작이다. 이제부터 예전의 나는 없다.

주간보호센터에서 만난 할머니 두 분이 기억난다. 김 할머니는 말씀이 없는 조용한 분이셨고, 노 할머니는 노래와 춤으로 흥을 발산하는 분이셨다.

김 할머니는 시골에서 농사만 지으며 사시다가 치매가 진행되어 아들 집으로 오셨다. 할머니는 종일 말 한마디 없으셨기에 나는 주로 몸으로 대화했다. 어깨를 안는다거나 두드리고 주무르거나 두 손을 마주 잡고 일어서서 흔들었다. 할머니 앞에 바짝 붙어 앉아 할머니 무릎 사이에 내 무릎을 끼우고 장난도 쳤다. 몸짓언어가 익어가자 할머니도 가끔 수줍게 웃기 시작했다. 춤과 체조도, 그림 그리기도, 노래도 따라 하지 않는 할머니 옆에서 나는 몸으로 이야기를 건넸다. 그러기를 사흘째, 할머니가 먼저 내 팔을 톡톡 쳤다. 모르는 척하자 이번에는 팔을 잡아 흔들더니 주머니에서 사탕 하나를 까 입에 넣어줬다. 간식 시간에 준 사탕이었다.

이제 됐다, 걸쇠가 풀렸으니 천천히 다가가면 되겠다 싶었는데, 다음 날 할머니가 나오지를 않았다. 배탈이 났다고 했다. 이틀 후 만난 할머니는 많이 초췌했다. 눈으로 나부터 찾더니, 나를 보고 벌쭉 웃으며 내 손을 맞잡았다. 할머니가 먼저 내 등을 두드려주고 먼저 무릎을 치며 장난을 걸었다. '보고 싶었다'는 말을 여러 번 하셨다. 처음으로 그림도 그렸다. 노래는 따라부르지 않아도 손뼉은 쳤다. 나와 손잡고 춤도 췄다.

점심시간, 할머니가 생선을 발라 밥에 올리더니 나 보고 먹으라는 시늉을 했다. 먼저 드시라 하니 단호하게 도리질치며 말했다.

"내해여(내 것이여), 내해여."

대학 캠퍼스 커플처럼 그렇게 할머니와 나는 주간보호센터의 단짝이 됐다.

원장과의 면담으로 할머니 사정을 알게 됐다. 치매에 걸린 상태로 혼자 시골에 있는 게 위험해 아들이 집에 모셔왔는데, 냉담한 며느리와 지내며 우울증에 걸렸단다. 평생 나고 살던 곳을 떠나 낯선 곳에 온 할머니는 치매보다 우울증이 더 깊었다. 종일 말 한마디 걸지 않는 며느리와 한집에서 지내는 게 얼마나 힘드셨을까. 센터에서 말씀도 식사도 안 하시고, 그동안 선생님들이 갖은 애를 써도 마음을 안 열더니 나를 보고 마음을 연 것 같다며 원장은 비결이 뭐냐고 물었다. 앞으로가 걱정이라는 원장님 말씀대로, 나도 걱정됐다. 어차피 나는 실습이 끝나면 떠나야 했다.

실습 마지막 날, 할머니와 마주 앉았다. 그날 처음으로 할머니는 내게 자신이 살아온 긴 이야기를 하셨다. 어렵게 마음을 연 할머니의 눈동자가 지금도 눈에 선하다. 실습이 끝나 내일부터 못 온다는 내 말에 두 손을 꼭 잡더니 할머니는 결국 눈물을 떨구셨다.

할머니를 생각하며 시 한 수 지었다.

내해여, 내해여

평생 땅만 바라봐서
땅하고만 이야기할 줄 안다는 어르신
여가 사람 사는 곳이 아니여
흙 한 줌 없는 곳이 어데 사람 살데여
아들 따라 낯선 동네 와보니
겨울바람처럼 쌩한 며느리 밥
그냥 목구멍에 처넣으면 죽기야 하련
밥을 퍼 넣다 혼절하셨다던데
밥 위, 얹어드린 생선 토막과 나를 한참 쳐다보다
일주일 만에 처음 입 여셨다
샥시도 묵으야지 수저를 내민다
눈물 한 방울 얹어 밀어 넣자
내해여, 내해여
한껏 신명 나셨다
무엇이 내해일까?
아무것도 내해인 것이 없었던 서울살이
병원 밥은 아들 밥이니

내해인 걸까?

아님, 할머니 마음이 내해인 걸까?

노 할머니는 흥이 많았다. 늘 노래를 부르고 춤을 추는 분위기 메이커다. 그런데 노 할머니, 전 할머니가 할아버지 한 분을 두고 삼각관계에 빠졌다. 두 할머니의 신경전이 센터의 가십거리가 되었다. 할아버지는 노 할머니보다 곱고 점잖은 전 할머니를 더 좋아하셨는데, 전 할머니에게 몰래 가방 선물을 했다가 그만 노 할머니한테 들키고 말았다. 성격이 화통한 노 할머니는 할아버지 앞에서 한바탕 춤을 추며 자신의 매력을 발산했다. 다시 한번 기회를 줄 테니 자기한테 넘어오라며 노 할머니는 검지를 까닥거리면서 춤을 추어 모두를 배꼽 빠지게 웃겼다. 여기도 치열한 세상이다.

지루박 할머니

허리가 예전 같지 않아 박자를 놓친다며

앉아서 들썩들썩 춤사위 펼치는 노 할머니

노인대학에서 갈고닦은 실력, 20여 년이라며

이어폰 꽂고 간들간들 앉은뱅이 춤추다가

그것도 힘겨운지 까딱까딱 졸다가

겨우 5분 쪽잠 자고 일어나

이어폰 다시 꽂고 춤 삼매경

5분 전, 지루박 가락 타고 어디 가셨다

생의 박자 놓친 걸까

신나게 지루박 차차차 스텝 밟으며

아~싸 머리 위 열 손가락

엇박자로 어깨 추임새 넣으며

인생 뭐 별거 있냐며

뒤로 갔다, 앞으로 왔다

제대로 즐기는 살아 있는 시간

7

실습을 끝내고 요양보호사가 됐다. 첫 출근한 집에는 청각장애를 가진 할아버지와 할머니가 살고 있었다. 할머니는 넘어져 허리 수술을 받은 후 요양보호를 받게 됐다. 그런데도 할아버지는 할머니가 쉬는 꼴을 못 봤다. 할머니가 쉬려고 집에 있으면 밭에 일거리를 두고 논다며 역정을 냈다. 당뇨가 심한 할머니는 깡마른 몸으로 땡볕에서 종일 일하셨다. 반대로 멀쩡한 할아버지는 가끔 보일러나 경운기를 살피는 일 외엔 하는 일이 없었다.

할아버지가 볼일 보러 읍내 나간 날, 할머니께 조심스레 물었다. 지금 할머니 건강이 일할 상태가 아닌데 밭일은 할아버지가 해야 하지 않느냐고.

"시집올 때 친정이 찢어지게 가난했소. 입 하나 던다고 땅뙈기 가진 영감한테 시집와 이날 이때까지 나는 종이오, 종. 밥 먹여주는 조건으로 귀머거리 영감한테 시집와 평생 땅만 파고 있다우. 5남매 낳아 키우며 밤낮으로 밭으로 논으로 살다 보니 몸이 이 지경이 되었구먼. 지 아비가 날 우습게 여기니 자식들도 어미를 지들 수족처럼 부리오. 나를 하인으로만 여기는 것 같소. 팔자가 그런 걸 어쩌겠소. 여태 내가 한 일을 노임으로 받고 나도 한바탕 여행이나 댕기다가 죽고 싶구먼."

할머니를 요양보호하러 간 것이었지만, 내가 돌봐드릴 새 없이 일하는 할머니. 내가 밭일을 할 수는 없으니 할아버지 밥해주는 일을 하게 되었다. 보호자 일은 하지 않는 게 요양보호의 원칙이었지만 아픈 몸을 끌고 종일 밭일에 매인 할머니를 위해 부엌일이라도 덜어드리는 수밖에 없었다. 아무리 시골이라지만 그곳은 아직도 조선 시대에 머물러 있었다.

서울과 인천에 사는 자녀분들은 어머니의 이런 생활을 알고 계실까? 따님의 연락처를 물어 전화를 걸었다. 어머니의 몸 상태로 밭일하는 건 무리이니 아버님께 말씀드려 좀 쉬시게 해드리자고 했다. 딸은 어머니를 바꾸라고 하더니, 둘 사이의 긴 통화가 이어졌다. 얼굴이 빨개진 할머니는 아무 말씀 없었지만, 수화기 너머로 따님의 격양된 목소리가 들렸다. 어떤 대화가 오가는지 대충 짐작이 갔다. 요양보호사에게 쓸데없는 말을 했다고 할머니에게 잔소리를 늘어놓는 모양이었다. 공연히 할머니 심정만 더 상하게 한 것 같아 죄송했다.

평생 돈 한 푼 만져본 적 없다는 할머니. 파마하러 갈 때도 할아버지께 허락받아야 하고 할아버지가 직접 미용실에 전화 걸어 비용을 물어보고 돈을 준단다. 그래 놓고 할머니의 당뇨검사는 아침마다 거르지 않고 해주는 할아버지의 마음은 무엇일까. 할머니가 건강해야 더 부려먹을 수 있다는 욕심이 아니기를 빈다.

이 집에서 일이 끝나면 1시였다. 이웃해 있는 할머니 한 분을 더 돌보게 됐다.

아흔 살 김 할머니는 딸과 함께 살고 있었다. 가끔 쌍지팡이를 짚고 마당을 산책하며 딸이 사는 2층을 올려다봤다. 그런데 정면으로 보는 게 아니라 흘깃 곁눈질했다. 내가 2층에 가시고 싶냐고 물으면 김 할머니는 화들짝 놀라며 다리가 아파 못 올라간다고 했다. 할머니는 사위가 일하는 헛간을 바라보거나 마당을 어슬렁거리다가 강아지에게 느닷없이 욕을 하고 지팡이를 휘두르며 하루를 보냈다. 2층에 사는 딸이 반찬을 해오면 할머니는 "안 먹어, 너나 처먹어"라며 역정을 냈다.

휴가철에 서울 사는 자녀와 손자 들이 오면 할머니는 얼굴에 빛을 내며 마중 나갔다. 하지만 할머니의 걸음은 그들을 따라잡지 못하고 2층 계단 앞에 딱 멈췄다. 할머니는 계단에 앉아 내게 손짓했다. 나는 할머니를 안다시피 해 계단을 올랐다. 현관문을 열자 딸의 얼굴이 이지러졌다. 할머니가 털썩 마루에 앉자 거실에 둘러앉아 있던 가족들이 뜨악한 표정을 지었다. 누구도 할머니를 반기거나 마중 나오지 않았다. 할머니를 2층에 두고 황급히 계단을 내려오는데 죄지은 것처럼 가슴이 두방망이질 쳤다. 다음 날 할머니는 천상에 다녀온 사람처럼 밝은 표정으로 어제 먹은 음식 자랑을 늘어놓았고, 딸은 나를 불러 어쩌려고 2층에 올라왔냐며 눈살을 찌푸렸다.

자녀들이 다녀가고 며칠 후, 할머니가 식사를 거부하기

시작했다. 밥상을 뒤엎고 파리채로 나를 때리기도 했다. 할머니에게 집은 창살 없는 감옥이었다. 주위의 시선 때문에 요양원은 못 보내고 함께 지내는 건 싫은 자식들. 요양보호사 일하면서 보니 자식들이 부모에 대한 예의가 없는 경우가 많았다. 부모를 홀대하는 자식들. 저들은 평생 늙지 않나?

8

맞벌이하는 아들네 곁에 살며 쌍둥이 손녀들 육아에 손을 보탤까 싶어 강화도를 정리하고 성남의 한 동네로 이사를 왔다. 오자마자 일자리센터를 찾아 일거리부터 잡아놓았다. 쌍둥이 손녀들은 어린이집에서 오후 4시에 오니, 그동안은 일할 수 있었다.

아흔세 살인 권 할머니는 예순 살 미혼의 아들과 살고 있었다. 아들은 이른 아침에 할머니 방문을 잠그고 외출했다가 내 퇴근 시간에 맞춰 돌아왔다. 명절이 지나면 할머니 얼굴에 생기가 돌았다. 자식들이 선물한 과일이며 과자 등을 내보이며 내게 자랑할 때면 할머니는 꼭 어린아이 같았다. 나를 붙들고 자식들 이름을 하나하나 호명하며 어렸을 적 이야기로 신나 하셨다. 나와 있는 세 시간 내내 혹시나 자식 이름 하나라도 잊을세라 7남매 이름을 외우고 또 외우는 할머니. 그러나 시간이 지나면 손가락을 접으며 똑같은 이름을 되풀이해서 불렀다. 명절이 멀어지면 할머니의 기억도 퇴색되어갔다. 삶의 의욕이 떨어지시는지 콱 죽고 싶다 하셨다. 식사량도 눈에 띄게 줄어들었다.

어느 날 옷을 갈아입다 팬티에 묻은 변을 본 할머니는 곧 식사 거부와 함께 몸져누웠다. 할머니는 화장실에 가시면 문을 열지 못하게 했다. 혹시나 해서 내가 그 안을 들여다보면 불같이 화를 내셨다. 어르신들은 자율적으로 배뇨, 배변하는 일을 자기 존엄성을 지키는 가장 마지막 보루로 여기신다. 아들은 밤에 팬티에 실례를 한다는 이유로 어머니를 함부로 대하기 시작했다. 아들은 어머니 몫으로 나오는 기초생활수급비가 필요해 어머니를 요양원에 입소하지 못하게 막았다.

신앙심이 깊은 아들은 매일 교회로 출퇴근했다. 어머니 식사는 씹지 못한다는 핑계로 늘 된장을 풀어 배추와 함께 끓인 국이 유일한 반찬이었다. 덕분에 내가 해야 할 일은 별로 없었지만, 종일 같은 말씀을 반복하는 할머니에게 맞장구를 치는 것도 쉬운 일은 아니었다. 나는 할머니에게 폭력을 쓰는 아들을 말리다 그 일로 아들과 크게 다퉈 결국 그만두게 되었다.

9

동창이 장애인활동지원사 교육을 권했다. 요양보호자격증이 있으면 2주 동안 교육 받은 후 활동이 가능한데 요양보호보다 급여가 많다고 했다. 요양보호 일은 잠시 쉬고 장애인활동지원사 교육을 받았다. 가까운 일자리센터에 등록하자마자 바로 정신장애 2급인 여자를 돌보게 되었다.

그분은 말이 없었다. 내가 말을 걸면 그저 웃거나 고개를 저었다. 만난 지 1년이 다 되어 가도록 우리의 대화는 늘 비슷한 수준이었다. 내가 "비둘기가 많이 모였네" 하면, 그분이 "비둘기"라고 말했다. 함께 산에 올라 새들의 합창 소리를 듣고 내가 "새소리 참 맑지요?" 하면, 그분이 "새"라고 답했다. 가끔 그분이 먼저 말을 걸기도 하는데, 용변을 보려고 "화장실"이라고 말하는 때가 유일했다.

아침 9시에 그분을 정신병원에 데려다주고 오후 3시에 데리러 갔다. 3시부터 6시까지는 사회생활 적응 활동으로 나와 함께 움직였다. 우리가 가는 곳은 정해져 있었다. 보건소, 지하철역 지하상가, 우체국, 중앙시장, 세이브존, 이마트, 동네 뒷산……. 세 시간 동안 이곳들을 돌면서 시간을 보냈다. 그분은 의사 표현을 전혀 하지 않기에 표정을 보고 불편함이 있는지를 알아채고 대처해야 했다. 항상 무표정이어서 그분이 아플 때가 제일 난감했다. 아픔을 느끼지 못하는지 참는 건지 모르겠지만, 말을 하지 않으니 곤란한 일을 몇 번 겪었다.

돌아다니는 것도 지겨워질 즈음 그림 그리기를 시켜보았다. 그림을 썩 잘 그렸다. 며칠 신나서 그리더니 갑자기 그림 그리기를 멈췄다. 더 그리라고 강요하지 않았다. 대신 같이 책도 읽고 뜨개질도 했다. 영화도 보러 가고 요리도 같이 해봤다. 여러 시도는 다 했다. 그분은 열심히는 해도 세 번 이상 시키면 그대로 멈추고 다시는 하지 않았다. 내 나름대로 최선을 다해 그분이 즐겁게 하루를 보내도록 노력했지만, 성과는 없었다.

그런데 그분의 보호자인 어머니가 내게 녹록지 않았다. 내 학력을 묻더니 선생님이 아무리 많이 배웠어도 평생 데리고 산 자기만큼 딸을 잘 알겠느냐 했다. 그 말에는 물론 수긍했다. 그러나 돌봄 이용자를 위해 의논 차 꺼낸 말끝마다 '해보시던지'라며 흥흥 콧방귀에 비웃음을 날렸다. 아무래도 느낌이 좋지 않았다. 일의 쐐기를 박기 위해 보호자 분이 원하는 시간으로 출근 시간을 잡았다. 아니나 다를까, 우려하던 일이 일어났다. 항상 8시 20분에서 30분 사이에 출근했지만, 어떤 날은 일찍 왔다고 혼나고, 어제는 늦게 왔다며 혼났다. 보호자는 내가 출근하기만 하면 어김없이 핀잔을 놓았다. 출근 시간이 일정하지 않았느냐고 항의했다가는 대문 앞에서 30분짜리 설교를 들어야 했다. 내가 무엇을 잘못했는지 이유도 모른 채 혼나니 죽을 맛이었다. 합리적인 대화가 불가능했다. 나는 그저 꿀 먹은 벙어리 노릇을 할 뿐이었다. 감기 걸려도 내 탓! 생니가 빠져도 내 탓! 하혈해도 내 탓! 살찐 것도 내 탓! 매일 매일 스트레스를 감당하기 힘들어 저녁이면 녹초가 됐다.

더구나 퇴근 시간을 멋대로 조정해 난감했다. 근무 할당 시간은 정해져 있었다. 그 시간을 채워야 급여를 받을 수 있었다. 출퇴근 시간을 변경하는 것은 물론이고 어떤 때는 자기 몸이 불편하다며 보름씩 출근을 하지 못하게 하니, 내 월급은 반토막이 났다. 그렇다고 다른 이용자를 찾을 수도 없었다. 이미 그분과 계약되어 있었기 때문이다. 보호자에게 항의하니, 일자리센터에서 정해준 시간을 거짓으로 기록해 시간을 채우랬다. 체크카드를 가지고 다니며 내 맘대로 활동 시간을 기록하는 것은 불법이었다. 만에 하나 센터에서 알게 되면 그동안의 급여를 다 토해내야 했고, 장애인활동지원사 자격증도 반납해야 했다. 그게 아니라도 활동 시간을 조작하는 일이 선뜻 내

키지 않았다. 보호자는 자기 입에 지퍼를 채울 테니 그렇게 하라고, 일 안 하고 돈 버는데 대체 뭐가 문제냐고 했다. 다른 지원사 선생님들도 다 그렇게 했다며 나를 바보 취급했다. 그래도 나는 단호하게 그건 불법이라 할 수 없다고 했다. 보호자는 배가 부른 게라고 눈을 흘겼다. 이런 일 하는 주제에 잘난 척이라도 하는 거냐며 비웃는 어르신도 내가 보기엔 정신이 온전치 못해 보였다.

결국 보호자와 두 달 실랑이 끝에 센터에 보고하고 일을 그만뒀다. 나중에 알고 보니 그 장애인의 활동지원을 내가 제일 오래 했단다. 일 시작 전, 앞선 선생님이 나를 보며 걱정스런 표정을 지었던 이유를 알겠다. 어쨌든 그 일 덕분에 1년 동안 먹고 산 것은 사실이니 고맙다고 해야 할까.

10

일자리센터 과장님이 어렵게 말을 꺼냈다. 호흡기 환자인데 급해서 그러니 고정 인원 배치할 때까지 잠깐 일해주시면 좋겠다고 했다. 과장님이 특별히 부탁하는 이유가 있었다. 내가 남성 환자는 맡지 않겠다고 했기 때문이다. 잠시 일하기로 하고 보호자를 만났다. 수더분한 보호자는 첫 만남부터 나를 언니라고 불렀다. 환자가 오랜 투병 생활로 예민해졌다기에 걱정이 되기는 했지만, 보호자의 후덕한 인상을 앞에 두고 거절하기가 힘들었다.

그는 호흡기 환자였다. 침대 옆에 호스가 복잡하게 연결된 산소호흡기가 놓여 있었다. 기계를 다뤄보지 않은 터라 겁이 났다. 보호자는 이용자가 작동 방법을 알고 있어 걱정할 필요가 없다고 했지만, 유사시에 이용자가 혼절할 경우 내가 응급처치를 해야 하니 기계 다루는 방법을 숙지해야 했다. 그런데 기계에 손만 대면 이용자는 날카롭게 반응했다. 산소호흡기는 일반적인 것보다 훨씬 복잡했다. 산소호흡기 옆에 식염수를 채워 넣는 기계가 있었는데 수압에 민감하게 작동했다. 늘 수압을 체크하고 식염수가 줄어들면 채워 넣어야 했다.

아침에 출근하면 이용자의 방을 청소하고 점심을 준비했다. 감사히도 보호자가 점심에 먹을 밑반찬을 사각 통에 담아 냉장고에 넣어두었다. 나는 찌개나 국만 끓이면 되었다. 점심을 안치는데 이용자가 밥물을 보자고 하더니 밥물 계량법을 설명하기 시작했다. 그러고는 같은 말을 계속 반복하다가 가만히 듣기만 하는 나를 보고 역정을 냈다. 밥물 교육을 30분이나 받은 나는 어이가 없었다. 반찬할 때도 마찬가지였다. 총

각 때 자취를 오래 해서 음식을 잘한다는 이용자분의 이상한 조리법은 도무지 맞출 수가 없었다.

그분의 눈은 종일 내 동선을 따라다녔다. 세 평 남짓 공간이니 이용자의 눈길로부터 벗어날 길이 없었다. 차라리 정면에서 마주 보는 거면 나으련만, 자꾸 나를 곁눈질하니 더 이상했다.

족욕기에 따뜻한 물을 받아 이용자의 발을 담갔다. 각질이 물에 둥둥 떴다. 준비해간 일회용 장갑을 끼고 때수건으로 발바닥이며 발가락 사이를 문지르니 이번에는 때가 물에 둥둥 떠다녔다. 물을 세 번이나 갈았는데도 여전히 생겨나는 이물질들. 바가지로 물을 끼얹고 수건으로 물기를 닦아 마무리했다. 용품을 정리하며 개운하냐고 묻자 그가 손을 내밀었다.

“왜 그러세요? 화장실 가실래요?”

손을 잡으니 일어날 생각은 없어 보이고 내 손을 조물조물했다. 소름이 끼쳤다.

“거기는 내 발 닦아주며 어떤 느낌이 들어? 내가 남자로 느껴져? 뭐가 느껴지냐고?”

“아무것도 안 느껴지는데, 이런 거 하지 마세요. 이거 성추행이에요. 이러시면 앞으로 케어 못 받으시니 조심하세요.”

이건 아무래도 성추행 전초전이다. 과장님께 면담을 요청했다. 과장님은 내가 너무 예민한 게 아니냐고 했다. 그날 이후, 이용자의 발을 물로 닦아주는 일을 그만뒀다. 대신에 따뜻한 물을 적신 수건으로 닦았다. 최대한 신체 접촉을 피하고 싶어서였다. 이용자가 자기 복을 스스로 찬 셈이었다.

여전히 내 뒤를 쫓는 이용자의 시선은 나를 세 평짜리 감옥에 가뒀다. 센터에서는 장기 근무자를 구할 의사가 없는 것 같았다. 그 말은 이 이용자가 블랙리스트에 올라 있다는 뜻이었다.

그렇게 6개월이 지났다. 이용자가 응급실을 두 번 다녀오고 난 후부터 호흡이 점점 나빠졌다. 그날은 유난히 날씨가 화창했다. 이용자의 호흡이 이상 증상을 보였다. 기계의 눈금이 정상 수치보다 높아지고 있었다. 이용자가 있는 쪽으로 달려갔다. 이용자를 안아 침대에 눕히려는 순간, 그가 내 허리를 양팔로 꽉 끌어안았다. 처음에는 경련 증상인 줄 알았다. 그를 안고 마주 보면서 괜찮은지 물어보다 기겁을 했다. 그의 손이 내 허리에서 엉덩이 쪽으로 내려왔다. 내 몸을 쓰다듬는 그 느낌에 소름이 쫙 돋았다. 손길을 뿌리치고 물러나 나도 모르게 소리를 질렀다. 만족한 미소를 짓는 그의 얼굴이 하얘지고 입술은 말려 들어갔다. 그가 다시 손을 내밀었다. 혼란스러웠지만 혹시 몰라 그의 손을 잡았다. 그랬더니 자꾸 자기 앞으로 오라는 시늉을 했다. 앞으로 가니 아까처럼 또 허리를 끌어안았다. 잠시 생각해봤다. 분명히 기계에 이상 증상 표시가 뜬 상황이었다. 도대체 이해가 되지 않았다. 일부러 그런 거라면 호흡에 이상이 와 힘들었을 텐데. 그렇다면 그의 행동은 자살행위였다.

이용자는 숨쉬기 힘들면서도 내가 가까이 가면 또 허리를 더듬었다. 처음부터 계획된 일인 것 같았다.

"무슨 짓이에요? 이거 성추행이에요. 제 돌봄은 여기서 끝입니다."

이용자가 손을 저으며 가라는 시늉을 했다. 얼굴이 백지장이 된 이용자를 두고 나와도 괜찮을지 갈등했지만, 도저히 마음이 진정되지 않아 몸을 부들부들 떨며 일자리센터로 향했다.

그동안 남자 이용자를 기피했던 이유는 여러 가지가 있지만, 주로 성추행때문이었다. 같은 일을 하는 활동지원사들의 이용자 기피 목록 1위도 남자다. 물론 내가 돌봄을 제공했던 이용자 중에는 좋은 분들이 많았다. 때로는 고구마나 옥수수,

알사탕 하나로 고마움을 전하던 그분들을 생각하면 마음이 따뜻해진다. 열악한 돌봄 환경은 너그러움보다 짜증을 유발하지만, 내가 견뎌야 하는 것이니 어쩔 수 없다. 그러나 숨을 깔딱거리면서도 성추행하는 이용자를 만나면 분노가 치밀었다.

요양보호와 장애인 활동지원을 하면서 만난 이용자와 보호자 생활수준은 대체로 낮았다. 대개 저소득층으로 기초생활수급자가 태반이다. 또한 교육 수준도 낮았다. 세상에 대한 불만과 억제된 욕구가 뒤엉켜 있어 피해의식도 크다. 정상적으로 소통하기에는 어려운 부분이 많아 대화할 때도 항상 조심스럽다. 그런데 자기가 사람을 부리는 위치라는 걸 지나치게 의식해 요양보호사와 장애인활동지원사을 하대하는 경우도 있다. 요양보호자격증이 있는 보호자가 돌보더라도 가족에게는 임금을 제공하지 않기 때문에 울며 겨자 먹기로 요양보호사를 쓴다. 보호자들은 없는 살림에 요양보호사가 받는 돈을 생각하며 배 아파한다. 이용자가 우리에게 고마움을 표하면 가족들은 자기들로 인해 선생님들이 돈 버는 건데 뭐가 고맙냐고 화를 내기도 한다. 그러면 어느 순간부터 이용자의 태도도 달라진다. 심심하면 보호자가 했던 그 이야기를 한다. 그런 그들의 의기양양한 모습은 어쩐지 슬프다.

요양보호법은 저소득층을 보호하기 위한 복지법이다. 나라에서 지급하는 임금은 국민의 세금인데도 그들은 사람을 부린다는 계급의식에 차서 뜬금없이 갑질을 한다. 그런데 이 갑질이 왠지 짠하다. 물론 요양보호사나 장애인활동지원사의 학력을 문제 삼을 수 있다. 이 직업에 학력 제한이 없으니까. 그러나 시험을 통과하고 교육을 받는 게 쉬운 일은 아니다. 6개월의 교육과 실습은 하루 여덟 시간씩 강행되며, 공부하지 않으면 시험에 합격할 수 없기 때문이다.

에필로그

이제 내 나이 예순아홉. 내년이면 일흔이 된다. 늘그막에 먹고살려고 학력과 이력을 속인 내 인생은 아이러니하다. 결혼 후 시어른들을 모시고 남매를 낳아 기르는 동안 한 번도 나 자신과 삶에 대해 진지하게 생각해볼 여유가 없었다. 그 벌을 60대 초반에 톡톡히 치렀다. 종갓집 맏며느리로 온갖 일 다 겪으면서 그 고초가 나의 몫이라 여겼다. 명절이면 100명의 손님을 치렀고, 시동생 결혼식 음식도 시할머니 상을 당했을 때도 집에서 300명 손님을 혼자 치렀다. 심지어 시외삼촌 상을 당했을 때도 그 집 딸과 며느리는 방 안에 앉아 울기만 해 그 많은 손님 수발을 혼자 드느라 상이 나던 날 쓰러졌다. 그 시절에는 관혼상제를 다 집에서 했다. 하다못해 친척들 돌, 백일, 약혼식, 결혼식까지. 시댁은 물론 시할머니의 친정, 시어머니의 친정 일까지 불려 다녔다. 그곳에서 내가 맡은 역할이 내 인생이었다. 그리고 그 일들을 나는 즐거운 마음으로 했다.

황혼이혼으로 나는 이 역할로부터 해제되었다. 남편의 퇴직금으로 지은 건물을 포기하면서까지 이혼을 택했던 이유는 오직 남편으로부터의 자유였다. 대학생 남매를 데리고 나온 나는 이미 내 인생의 후반기에 접어들고 있었다. 어쩌면 나를 찾을 마지막 기회라는 생각이 들었다. 그래서 평생 하고 싶던 문학 공부를 하려고 문예창작학과에 입학했다. 나의 늦은 공부는 내 인생 최고의 선택이었다. 하지만 글쓰기보다 호구지책이 먼저였다. 그것이 취업 분투기가 나온 배경이다.

언젠가 나는 글쓰기 수업에서 아이러니가 어렵다고 고백한 적이 있다. 그러나 나의 삶이 아이러니다. 예순을 넘기고 취업 진신에 뛰어든 나의 직업 분투기는 치열했다.

일흔을 소리 나는 대로 읽으면 이른이다. 이른(일흔) 전(前) 나의 분투기가 이른(일흔) 후(後) 내 삶의 초석이 되길 기원한다. 많은 경험이 글이 되었다.

기초생활수급자가 되어 작년부터 본격적으로 글에만 몰두할 수 있게 되었다. 감사한 일이다. 기초생활이 해결되었으니, 이제 쓰기만 하면 된다. 사방 벽 길이가 다른 원룸에서 다리미판 위에 노트북을 펼쳐놓고 글을 쓴다. 하나, 둘 작품을 완성하는 기쁨은 나를 설레게 한다. 이제 시작이다. 정진하리라, 죽는 날까지. 이른 결심을 축하받고 싶다.

4부

보도블럭
사이에 핀
민들레꽃처럼

돌봄

오랜만에 버스를 탔다.

버스는 만원이었다. 흔들리지 않으려 손잡이와 의자를 양손으로 잡고 안간힘을 쓰고 있는데 승객들 사이로 누가 어깨를 탁 쳤다. 깡말라 왜소한 남자가 사람들 속의 나를 덥석 안기라도 할 듯 반기는 얼굴이다.

"누이! 나야, 나. 아씨, 내려야 하는데……."

나더러 내리라는 손짓을 하며 급히 뛰어내리는 그의 얼굴을 그제야 알아봤다. 차는 이미 출발했고, 나는 승객들 사이에 갇혀 발 하나 빼기도 어려웠다. 급하게 손으로 전화 거는 시늉을 하는데 버스가 출발했다.

"이런……."

일자리센터의 센터장과 그 집을 처음 방문했을 때, 길을 익히려 둘러본 동네는 어수선했다. 집 앞마다 지저분한 쓰레기 더미가 매듭이 풀어진 채 제멋대로 흩어져 있었다. 음식물 쓰레기 봉지는 길고양이들이 물어뜯었는지 옆구리가 터져 역한 냄새를 풍겼다. 담벼락은 얼룩으로 원래의 색을 알아볼 수 없었고, 유리창은 덕지덕지 먼지가 끼어 안이 들여다보이지 않았다. 빨간 페인트로 '재개발 반대'라고 쓴 삐뚤삐뚤한 글자들이 동네 담벼락 여기저기에 있었다. 3층에 산다는 남자는 계단에 나와 담배를 피우고 있다가 우릴 보고 반갑게 인사했다.

집에 들어서자 환자 있는 집 특유의 냄새가 풍겼다. 문간방에는 여러 가지 잡동사니가 잔뜩 담긴 나라미 쌀부대 자루가, 그 위로 전선줄 더미가 올려져 있었다. 환자는 안방의 병원용 침대에 누워 있었다. 세 사람이 들어서자 방이 꽉 찼다. 반 혼수상태로 지낸 지 3년이 넘었다는 환자의 상태는 더 심해지지도 회복되지도 않고 있다 했다. 남자의 앉으라는 손짓에 센터장과 나는 엉거주춤 자리를 잡았다. 남자는 내 차림새를 훑어보더니 나와 눈이 마주치자 어깨를 으쓱했다. 센터장과 남자는 그만둔 전임자에 대해 이야기를 나눴다. 안 좋은 감정을 쏟아내던 남자가 대화 중간중간마다 보지 않는 척하며 나를 훑어보았다. 책임감에 대해 길게 늘어놓는 남자의 말은 나 들으라는 경고처럼 들렸다. 좁은 자리만큼 내 마음도 좁아졌다.

속옷 차림의 남자와 무릎을 맞대고 앉아 있으려니 눈 둘 곳이 없었다. 남자가 내 불편한 속내를 읽었는지 자리에서 일어나 겉옷을 걸쳤다. 내가 앞으로 해야 할 일은 환자 돌봄이지만 그보다 먼저 이 남자와 잘 지내야 한다.

"나이가 어떻게 되세요?"

남자가 물었다.

"올해 예순이에요."

남자가 떨떠름한 표정으로 쳐다봤다.

"하실 수 있겠어요?"

"……."

"저 이래 봬도 쉰인데. 고생을 하도 많이 해서 나이가 좀 들어 보이죠?"

남자는 앞니가 몇 개 빠져서 말할 때마다 발음이 샜다. 또래가 아니라니 일단 마음이 놓였다.

"그런데 누이, 나이보다 한참 어려 보이네. 앞으로 지내보면 알겠지만 나 그렇게 나쁜 사람 아녀요."

내가 자기 시선을 자꾸 피하는 게 마음에 걸렸던 모양이다.

"자, 그럼."

센터장이 남자의 말을 끊으며 자리에서 일어났다.

"앞으로 할 일에 대해서는 두 분이 잘 의논하시고. 저는 다른 일이 있어서 먼저 일어날게요."

면접이라더니, 일하는 걸 기정사실로 못 박았다. 아마도 이 집 사정이 사람 구하기가 쉽지 않은 모양이었다.

사실 보호자가 남성이어서 일하기가 망설여졌다. 대체로 오래된 여성 환자들의 남성 보호자는 활동지원사를 지능적으로 성희롱했다. 지나가면서 엉덩이에 슬쩍 손이나 몸을 댄다거나, 실수인 척 가슴 쪽으로 넘어지기도 하고, 웃으며 넓적다리를 치는 경우도 있었다. 그렇기에 항상 조심해야 했다. 남성 보호자와 대화를 나눌 때는 적어도 안전거리 1미터가 필요하다는 우스개 아닌 우스갯소리가 있을 정도다. 남성이라고 다 그런 것만은 아니겠지만, 그런 일이 흔한 건 사실이다. 남성 보호자가 집에 있는 경우는 더 조심해야 했기에 활동지원사에게는 기피 대상이다. 이 집 또한 보호자가 남성이라는 사실 하나만으로도 장애인활동지원사를 구하기가 쉽지 않았을 것이다.

남자가 센터장을 배웅하는 사이 환자를 살펴봤다. 환자

는 꽤 미인에 속하는 서구적인 스타일이었다. 눈은 뜨고 있는데 특별히 무엇을 보고 있는 것 같지는 않았다. 가끔씩 입맛을 다시는 모양이 뭔가 먹고 싶은 것 같기도 하고 반사적으로 하는 행동 같기도 했다. 손을 만져보니 싸늘했다. 오랫동안 움직이지 못하는 환자들에게서 느껴지는 싸늘한 감촉. 모든 감각이 다 마비되어서 손가락 하나 움직이지 못했다. 기적적으로 자가호흡을 하고 있었다. 남자가 관리를 잘했는지 오래된 환자가 있는 집치고 냄새는 심하지 않았다. 정리 정돈이 잘 되어 있지 않아 집안이 어수선하긴 했지만.

센터장이 바삐 떠나자 집 안에는 잠시 어색한 침묵이 흘렀다. 남자가 일어나더니 할 일을 알려주겠다며 밥하는 방법과 밥 먹이는 방법 등을 두서없이 설명했다. 장은 자신이 볼 테니 나는 그걸로 환자식을 만들면 된다고 했다. 활동지원사 규정상 환자 외 가족에게는 서비스가 제공되지 않기 때문에 남자와의 거리 조절만 잘하면 별문제는 없을 것 같았다. 환자식은 밥과 국을 갈아 만들어 먹인다니, 다른 반찬은 만들 필요도 없었다.

우선 출퇴근 시간을 정했다. 보호자가 남성이라는 사실도 마음에 걸렸지만 혼자 밥 먹이는 일이 수월치 않으리라. 환자는 다행히 통증은 못 느끼는 모양이다. 환자가 통증을 느끼면 간호하는 사람이 플러스알파로 더 힘들어진다. 이 환자는 어쩌면 감각마비로 고통을 느끼지 못하는지도 몰랐다.

"내일 몇 시에 오실래요?"

"9시쯤 올까요?"

"뭘 그렇게 일찍 와요. 천천히 10시쯤 오세요."

"그래요."

"하다 보면 그렇게 힘든 건 없어요. 밥만 잘 먹이면 되니까."

센터에서도 밥만 먹이면 된다고 했다. 심란한 내 표정을 읽었는지 남자가 내일 꼭 오시라고 다시 못을 박았다.

길을 익히려고 나왔던 골목을 돌아 조금 큰길로 나서자 음식점 골목에 연하여 D대학 후문이 나왔다. 그 집에서 한 블록만 나와도 대학가의 번화한 거리였다. 버스 정류장으로 가면서 문득 남자의 말투가 자꾸 신경 쓰였다. 반말도 존댓말도 아닌 말투에 동물원 원숭이 보듯 빤히 쳐다보며 빙글빙글한 남자의 웃음, 기분이 찜찜했다. 마음이 심란해 재래시장에 들러 치킨 반 마리를 사고 편의점에 들러 맥주 한 캔을 샀다.

첫째 날은 간편한 복장에 센터 로고가 박힌 앞치마를 둘렀다. 의사소통이 안 되는 환자는 처음이라 긴장됐다. 돌봄 센터 앞치마를 두름으로써 내가 직원으로 출근했음을 보호자에게 인지시키라던 팀장 말은 옳았다. 처음에 남자는 어제처럼 호기심 어린 눈길을 보냈지만 내가 앞치마를 두르고 일을 시작하자 시선을 거뒀다.

밥과 소고기 뭇국을 끓이고 간단하게 청소를 하고 나니 한 시간이 후딱 지나갔다. 남자의 설명은 간단했지만, 막상 밥 먹이는 일은 준비 과정부터 수월치 않았다. 냉면 그릇에 소고기 뭇국과 밥 한 공기를 넣고 믹서를 돌렸다. 믹서의 칼날이 음식물 밖으로 조금이라도 나올라치면 여지없이 밥알이 튀었다. 양푼같이 큰 그릇에 갈아서 옮기면 좋으련만. 남자는 음식을 거의 다 채운 그릇에서 믹서로 잘도 갈았다. 내용물이 그릇에서 넘칠 듯 넘칠 듯하면서도 잘 갈렸다. 묘기 대행진 같았다. 냉면 그릇은 갈아놓은 음식으로 가득했다.

수건 석 장을 준비했다. 한 장은 턱밑에 두껍게 고이고, 한 장은 쫙 펴서 턱과 어깨에 두르고, 한 장은 물에 적셔 옆에 뒀다. 남자가 침대에 바짝 앉았다. 그 모습이 침대에 매달린 원숭이 같았다. 짧은 다리가 이럴 땐 유용해 보였다. 남자가 먼저 시범을 보였다. 수저로 죽을 입에 떠 넣으면서 입가로 흘러내리는 죽은 다시 입에 넣어주는 동작이 리드미컬했다. 입가의 죽을 다시 그릇에 담기도 했다. 환자에게 밥 먹이는 일은 환자식을 먹인다기보다 입으로 흘려 넣는 작업이어서 잠시도 쉴 틈이 없었다. 수저질을 멈추고 남자가 젖은 수건으로 여자의 턱과 목으로 흘러내린 죽을 닦아냈다. 속이 메슥거리기 시작했다.

침대를 조정해 환자를 일으켜 앉히고 의자를 바싹대고 앉았다. 내 다리와 침대 사이의 거리가 정강이 넓이만큼 벌어져 침대를 높여도 환자의 앉은키와 맞추려면 허리를 깊숙이 숙여야 했다. 엉거주춤한 내 자세가 너무나 기이했다. 그 자세로 환자에게 죽을 떠먹이려니 어설프기 짝이 없었다. 남자가 나를 제지하고 시범을 보였다. 그가 환자의 얼굴 쪽으로 바짝 붙어 앉아 수저질을 하니 둘이 한 몸이 되어 움직이는 것처럼 자연스러웠다. 나는 다리를 시옷 자로 벌리고 허리를 45도로 비튼 뒤 윗몸의 반은 접었다. 몇 번의 수저질로도 허리에 무리가 왔다. 내가 한숨을 쉬자 남자가 나를 밀쳤다. 오늘은 보기만 하고 내일부터 하라고 했다. 그제야 긴장된 몸이 풀렸다. 10분도 하지 않았는데 어깨와 등, 배와 허리까지 근육이 뭉쳤다. 경직된 근육을 풀려고 허리 운동과 팔 운동을 하자 남자가 어이없는지 하하 웃었다.

"아니, 뭐 했다고?"

내가 민망해하자 남자가 다시 밥을 떠먹이며 설명했다.

"자, 잘 봐요. 밥을 입에 넣는 속도와 입가로 흘러내린 밥을 다시 집어넣는 속도를 잘 조정해야 해."

환자가 밥을 넘기지 못한다 싶으면 물을 떠 넣어야 했고, 그 물의 양도 적절하게 조절해야 했다. 중간에 환자가 재채기하거나 사레들릴 때 순발력 있게 잘 대처해야 했다. 그러나 환자가 언제 재채기할지 사레들릴지 알 수 없는 일이었다. '알아서'와 '적당히', 그리고 '순발력'까지 박자가 맞아야 했다. 한 번에 많은 양의 음식을 입에 넣으면 토하기도 했다. 그렇다고 너무 적으면 사레가 들렸다. 잘 먹다가도 공기가 들어가면 재채기를, 음식 온도가 안 맞으면 딸꾹질을 했다. 중간중간 밥의 온도도 체크해야 했다. 잘못해 밥이 기도로 넘어가면 큰일이었다. 그런데 환자가 목구멍으로 넘기는 양이 매번 다르므로 밥을 먹일 때마다 이번에는 많이 먹여야 하는지 적게 먹여야 하는지는 알 수가 없었다.

"아, 겁나! 겁나서 못할 것 같아요."

잘못 먹여 불상사가 일어날까 걱정부터 앞섰다.

"하다 보면 요령 생기니까 너무 겁먹지 말고. 설마 오늘

하루 하고 그만두는 건 아니지요?"

설명으로 들을 땐 잘할 수 있을 것 같은데 막상 하려면 어떻게 해야 하는지 가늠하기가 쉽지 않았다. 환자가 음식을 넘기는 속도가 매번 다르니 그때그때 환자의 상태를 잘 알아채야 함은 물론이요, 많다 싶으면 얼른 그릇을 턱 밑에 고이고 숟가락으로 잽싸게 죽을 다시 그릇에 긁어 담아야 했다. 쏟아지는 죽을 흘리지 않고 담는 일도 쉽지 않았다. 미처 그릇에 담지 못한 죽이 입가에서 주르르 흐르면 턱을 타고 목 주변과 가슴께까지 흘러내리는 건 눈 깜빡할 사이였다. 남자가 밥을 먹일 때도 가끔 환자 입 안에서 죽이 넘쳐 흘렀고, 황급히 수저질을 하지 않으면 환자가 재채기해 튄 죽을 그대로 뒤집어썼다. 대체로 리드미컬하게 움직이는 남자의 수저질을 경이롭게 쳐다보고 있으니 점점 자신이 없어졌다. 그러나 못하겠다는 말을 하기에는 아직 일렀다. 남자가 3년을 넘게 해낸 일이었다.

아침을 먹이고 나니 거의 1시가 되었다. 남자는 커피를 타 내게 건네며 식혀 먹이라 하고 담배를 피우러 나갔다. 먹은 그릇을 정리하고 커피에 냉수를 섞은 다음 입에 빨대를 물려주자 환자가 허겁지겁 빨아마셨다. 흡입력이 엄청나 사레들까 싶었다. 빨대를 뺐다 입에 넣었다 하고 있는데 남자가 어느새 내 등 뒤에 서 있었다. 뒤에서 지켜보는 남자 때문에 손이 덜덜 떨렸다. 실수투성이인 내가 재미있다고 쿡쿡 웃는 남자 앞에서 나는 점점 작아졌다.

"아무것도 모르는 게 아니요. 커피 맛은 기가 막히게 안다니께."

커피를 단숨에 먹어치우자 남자는 흐뭇한 표정을 지었다.

"저렇게 정신없는 거 같아도 음식 맛은 기가 막히게 알아. 소고기가 많이 들어간 날은 더 잘 먹어요. 그거 보면 아직 미각이 살아 있다는 거지."

퇴근 후, 늦은 점심을 먹고 오랜만에 정신없이 곯아떨어져 잤다. 일어나 보니 밤 10시였다. 남자는 누구일까? 남편도 아니고 동생도 아니라는데 어쩌다 그 환자를 돌보게 된 걸까? 비로소 남자가 궁금해졌다. 남자도 건강이 썩 좋아 보이지는 않았다. 앉았다 일어날 때마다 앓는 소리를 냈다. 오랜 호스피스와 복지관에서의 뇌성마비 돌봄 봉사 활동으로 이 일이 그렇게 힘들지는 않으리라 생각해 시작한 일이었다. 그러나 봉사와 직업 사이의 갭이 확 다가왔다. 봉사는 봉사일 뿐, 직업으로써 간병은 전혀 다른 차원의 일이었다.

오늘은 병원에 가서 약을 타 와야 한다며 남자가 서둘렀다. 밥과 국을 믹서로 갈아놓더니 2시쯤 귀가하겠다고 말한 뒤 외출했다. 옆에서 보고 있으면 긴장해 자꾸 실수를 하니 남자의 외출이 다행이다 싶으면서도 혼자 환자를 감당할 수 있을지 몰라 걱정됐다. 어제 남자에게 배운 대로 의자를 바싹대 놓고 앉았다. 깊은 한숨을 쉬자 환자가 눈 하나 껌뻑이지 않고 나를 쳐다봤다. 순간 등골이 오싹했다. 대화할 때 다른 사람 눈을 바라보며 얘기하는 버릇이 있는 내게도 정신이 없는 환자와의 눈 맞춤은 당황스러웠다. 눈앞에서 손을 흔들어도 깜박이지 않는 눈, 보는 것 같지는 않은데 다 들여다보는 것 같은 눈. 그 눈이 내 속마음까지 다 들여다보는 것 같았다. 어쩌다 환자가 눈을 깜박일 때면 차라리 아주 눈을 감고 있었으면 싶다가도 눈감고 내가 주는 밥을 받아먹는 걸 상상하니 그게 더 무서울 것 같았다. 눈을 깜박일 때마다 내가 무슨 잘못이라도 하는 것 같아 괜스레 마음이 움츠러들었다.

저렇게 사는 것이 무슨 의미가 있나? 줄곧 내 마음속에 떠돌던 말을 들키기라도 한 듯 가슴이 뛰었다. 모든 인간은 존중받아야 한다는 생각이 잠시 흔들렸다. 지금 이 환자는 상황이나 환경에 좌우되지 않는 상태, 즉 생각이나 사고가 백지상태이니 본능에 충실한 갓난아기와 같다. 갓난아기에게 왜 사냐고 묻는 것과 같은 과오를 저지르고 있는 나는 과연 정상인가?

며칠이 지났다. 잘한다고는 못하겠지만, 수건 열 장을 쓰면서 그럭저럭 세 시간여의 아침 식사를 전투처럼 끝냈다. 수저질하던 오른쪽 어깨가 담이 들린 듯 당겼다. 수건을 개수대에 넣은 뒤 물을 틀고는 주전자에 물을 올렸다. 해야 할 일을 밀어놓고 우선 환자에게 커피를 먹였다. 뭉친 근육들을 푸느라 스트레칭을 하고 있는데 남자가 돌아왔다. 개수대를 힐끗 보더니 환자에게로 가 밥은 잘 먹었느냐고 다정하게 물었다. 신혼부부 같았다. 남자가 개수대에 쌓인 수건을 가리켰다.

"고생하셨네."

남자가 픽 웃었다. 칭찬인지 비난인지 모르겠지만, 어쨌든 할 일을 끝내 마음이 편안했다.

"어때요? 할 만해요?"

"보시다시피 엉망이에요."

"어떻게 처음부터 잘하나. 하다 보면 점점 익숙해지고 시간도 단축돼요. 그런데 어쩌다 이런 일을 하게 되셨나?"

마지막 말을 혼잣말처럼 중얼거리는 남자를 피해 수건을 빨고 널었다. 설거지하는데 남자가 밥상을 차렸다. 밥 먹고 가라는 걸 뿌리치고 나왔다. 버스를 기다리는데 배 속에서 난리가 났다. 학교 앞으로 즐비한 가게에서 나는 음식 냄새를 맡으며 아무거나 하나 사 먹을까 하다가 마음을 접었다. 환자에게 밥 먹이고 나면 내 식욕이 없어졌다. 갑작스레 배고픔보다 마음이 더 고파왔다.

결리고 쑤시는 어깨와 허리 통증을 진통제로 가라앉히고 출근했다. 날이 갈수록 환자 밥 먹이는 일이 수월해졌지만, 상체를 거의 엎드리다시피 숙이고 환자를 향해 비튼 자세로 두 시간 동안 밥을 먹이고 나면 온몸이 파김치가 됐다. 밥 먹이고 정리하고 나면 총 네 시간의 근무 활동 중 한 시간 정도가 남았다. 남자는 집안일은 시키지 않았다. 환자의 빨래나 청소도 못하게 했다. 그 대신 나에 대한 호기심을 자주 드러냈다.

"누이는 이런 일 할 사람 같지 않은데……."

대화를 끌어내려는 남자와 대답을 피하려는 나의 줄다리기는 팽팽했다. 남자는 내 말투나 차림새를 보고 나를 자기와는 다른 세계의 사람으로 평가하는 것 같았다.

환자 식사에 걸리는 시간이 점점 줄어들었다. 먹이는 데 열중하느라 그동안은 하지 못했던 환자와의 눈 맞춤이 잦아졌다. 여유가 생긴 탓이었다. 보지 않는 것 같으면서도 지그

시 나를 바라보는 눈빛에 나는 왠지 모르게 압도당하고, 당황해했다. 가끔 환자가 눈을 깜빡일 때, 그 눈을 영원히 감겨버리고 싶은 충동을 자주 느꼈다. 그러는 내가 소름 끼치게 무서웠다. 이렇게 사는 걸 본인이 원할까? 왜 자기를 죽게 내버려두지 않느냐고 원망하는 건 아닐까? 처음 본 날부터 지금까지 그 생각에 사로잡혀 있었다. 잠시 수저질을 머뭇거렸더니 환자가 컥컥거렸다. 입맛을 다시다 목구멍으로 공기가 들어간 모양이었다. 얼른 죽을 떠 환자 입에 넣자 쩝쩝 소리를 내며 먹기 시작했다. 그래, 이 환자는 살고 싶은 거야. 나는 그저 이 환자의 수발을 들러 온 것일 뿐. 나는 내 할 일만 하자. 물색없이 헤매던 정신을 붙잡았다.

어쨌든 본능은 치열하다. 어머니 임종 때가 떠올랐다. 저녁을 드신 후 갑자기 피를 토하기 시작하셨던 어머니. 중환자실에서 수혈을 받으면서도 계속 피를 토하는 바람에 가족들도 면회가 불가했다. 시간이 흐를수록 불안해졌다. 의료진과 몇 번 실랑이한 끝에 중환자실에 들어가 보니 어머니가 누워 있던 환자 침대 밑이 피바다였다. 몸 안으로 들어가는 피의 양보다 코와 입으로 나오는 피의 양이 많았다. 고통 받는 어머니의 모습을 더 보고 있을 수만은 없었다. 수혈을 중단시키자 어머니는 1분도 버티지 못하고 돌아가셨다. 이미 정신을 놓은 상황에서도 피를 토하느라 경련하는 어머니를 보며, 어머니가 죽지도 못하게 괴롭히는 건 아닌지 갈등하다 내린 결정이었다.

형제들은 그런 나의 결정을 미심쩍어했다. 내가 오랜 시간 병원에서 호스피스 활동을 해온 것을 알기에 나의 단호함에 반대하지 않았지만, 평소 어머니를 끔찍하게 사랑했던 막내의 결정에 의아함을 감추지 못했다. 수술을 권하는 의사에게 생존 가능성이 5퍼센트만이라도 있다면 하라고, 그렇지 않으면 수술 결과에 대한 책임을 물을 것이라고 하자 의사는 어머니 몸에서 모든 의료기기를 제거했다. 나는 의료인이 아니다. 그러나 계속 토혈하는 어머니를 수술하겠다는 그 의사의 의견은 지금도 이해가 가지 않는다. 의료수가를 올리려고 보호자를 농락한 건 아닌지 의심스러울 정도다. 어머니가 오래 고통 받지 않고 돌아가신 것이니 잘한 결정이다 싶으면서도 한편으로는 늘 가슴 한쪽이 저렸다.

남자는 내가 출근하면 외출했다가 점심 때쯤 돌아왔다. 환자의 식사가 정리되자 밖에서 사온 몇 가지 반찬과 소주 두 병으로 아침 겸 점심상을 차렸다. 잠시 밖에 나가 담배 한 대를 피우고 돌아오더니 손짓으로 나를 불렀다. 남자는 밥보다 먼저 소주를 한 잔 마셨다. 김치 한쪽을 우물거리다 엉거주춤 서 있는 나를 힐긋거렸다. 밥상에 수저가 두 벌이었다.

"누이, 반찬이 마음에 안 드세요?"

시니컬한 말투에서 '너 나 무시하지' 그런 뉘앙스가 풍겼다. 남자와 가까워지고 싶지 않은 건 사실이었다. 나이는 나보다 한참 어린데 벌써 앞니가 몇 개 빠지고 남은 이는 니코틴으로 누렜다. 입을 벌릴 때마다 속이 울렁거리는 걸 겨우 참는 중이었다. 그런데 김치까지 입에 물고 말을 하니 토할 것 같았다. 안 그래도 환자에게 밥을 먹이며 흘러내리는 죽을 입에 쓸어 담다 보니 속이 있는 대로 뒤집힌 상태였다.

"아니요. 저희는 어떤 대접도 받지 않도록 교육받아서요."

"저번에 오신 쌤도 점심을 싸서 오시던데, 뭐 그렇게 철저하게 삽니까? 혹시 저랑 식사하는 게 불편하신 건 아니고?"

말속에 다른 의미가 있었다. 이런 일 하면서 너무 고상한 척하지 말라는 뉘앙스가 풍겼다. 당황스러웠지만, 남자의 말은 정곡을 찔렀다. 어차피 오후 2시까지 근무해야 했기에 나도 계속 점심을 굶을 수는 없었다. 남편의 공무원 생활로 30여 년 동안 때맞춰 식사해서 그런지 밥 시간이 지나면 염치없이 배

속에서 소식을 보냈다. 민망했다. 자꾸 거절하는 것이 식사를 권하는 남자 마음에 혹시 상처를 주는 건 아닐까 싶은 마음도 들었다.

"아, 맛있겠네요."

너스레를 떨며 밥상에 앉자 남자가 피식 웃더니 내 밥을 펐다. 소주잔을 챙겨오는 남자에게 손사래를 쳤다. 남자가 맥주는 어떠냐고 물었다. 근무 중이라 음주는 금물이었다. 밥을 한 입 먹자 남자가 양념게장을 내 앞으로 밀었다.

"보다시피 이가 안 좋아 나는 못 먹으니 누이 다 드셔."

"먹지도 못하는 걸 왜 사오셨어요?"

"그냥 양념만 빨아 먹어요. 나 신경 쓰지 말고 어서 드셔. 이게 5천 원 어친데, 많죠? 내가 가면 단골이라 많이 줘. 근데 누이 말 놔. 나도 말 좀 놓게."

"나는 남편한테도, 아들이랑 아들 친구한테도 말을 놓은 적이 없어요."

남자가 하늘이던 친정어머니의 가풍 탓이었다.

작정하고 먹기 시작한 밥이었지만, 처음 몇 수저는 쉽지 않았다. 남자는 밥은 미뤄놓고 소주만 연거푸 마셨다.

"참 맛있게 마시네요."

"나한테 이게 최상의 상이오. 밥보다 술이 더 좋은 걸."

"매일 그렇게 마시다 아프면 저이는 어쩌라고?"

"그렇지. 내 아프면 저 여자 큰일 나지."

"참 대단해요. 어떻게 몇 년씩 이렇게 지내셨어요."

"불쌍해서 …… 하다 보니 세월이 이렇게 갔네."

"요양원은 생각 안 해보셨어요? 너무 고생스럽잖아요."

"힘들긴 하죠. 어떤 땐 죽을 거 같아. 몸이 안 아픈 데가 없어. 그런데 저 여자 생각하면 불쌍해서 그만둘 수가 없어. 내가 그만두면 저 여자는 누가 돌보나? 나라에서 주는 방문 요양 시간은 고작 네 시간이요. 나머지 스무 시간을 혼자 놔두면 며칠 못 가서 죽지. 혼자 두고 죽으라고 할 수는 없잖소. 저번 선생님도 요양원에 보내라고 했는데, 아마 요양원 갔으면 저 사람 벌써 죽었을걸."

"요즘 요양원 잘해주지 않나요? 의사 선생님도 있고 간호사도 있고."

"그거야 돈 있는 사람들이 다니는 요양원 이야기고. 그럴 형편이 안 되니까 나라에서 무료 요양원에 보내준다는데, 거기 가면 무조건 줄로 밥 먹이고 잘 들여다보지도 않아요. 그러면 모든 몸 기능이 빨리 떨어지고 합병증 얻고 욕창 생기고 기도 막히고……. 그럼 확 가는 거지, 뭐."

이 남자를 보아하니 돈도, 직업도 없었다. 10여 년 여자에게 도움 받으며 살았으니 갈 데도 없었다. 여자가 건강했을 때처럼 지금도 붙어살고 있는 건 아닐까 싶었다. 하지만 그렇다고 하기에는 돌보는 일이 너무 힘들었다. 그나저나 여자가 밥 먹는 것이 가능하다는 것은 뇌가 아직 살아 있다는 의미일까?

"진짜 오랜만에 다른 사람과 밥 먹었네."

맛있게 양념게장을 빠는 나를 물끄러미 쳐다보던 남자가 말했다.

"먹지도 못하는 양념게장은 왜 사 오셔서. 나만 호강하네."

밥 한 그릇을 뚝딱 해치우고 나니 민망함이 몰려와 남자에게 소주잔을 내밀었다.

"오늘만 한잔할게요."

"왜 오늘만?"

"규정 위반이라서 매일 이러면 짤려요. 나도 밥 벌어먹어야지요."

"아니 누가 알아. cctv 설치했나?"

밥을 같이 먹고 나자 남자는 기분이 좋은 듯 헤벌쭉 웃었다.

"누이, 그러지 말고 점심은 나랑 같이 쭈욱 같이 먹읍시다. 쌀이야 나라에서 주니 하는 김에 조금 더하면 되고. 나도 혼자 먹는 밥 지겨워."

일일이 밥을 싸 가지고 다니는 것도 일이었다.

"그럼 반찬값은 제가 댈게요."

"반찬값은 나 없을 때 저 여자 잘 돌봐주는 걸로 퉁칩시다."

오늘은 배가 고팠는지 환자가 밥을 급하게 삼키다 사레가 들렸다. 그럴 땐 환자를 품에 안고 등을 두드려주라던 남자의 말이 생각났다. 환자를 일으켜 앉히려는데 아무리 해도 꿈쩍도 안 했다. 그때 남자가 핸드폰을 두고 나갔다며 다시 돌아왔다. 낑낑대는 나를 보더니 남자가 나를 밀치고 침대로 뛰어올랐다. 환자 겨드랑이 사이로 손을 넣어 양손 깍지를 끼고 몸을 바짝 끌어올리더니 재빨리 등 뒤에 자리를 잡았다. 다람쥐가 나무 위에 오르듯 순식간에 벌어진 일이었다. 나도 모르게 환자의 양손을 잡아당겨 남자를 도왔다. 오랜 병원 봉사로 인한 반사작용이었다. 남자가 환자의 등을 쓸어내리자 환자가 끄윽 트림했다. 환자의 트림 소리가 남자와 나 사이의 벽을 와르르 무너트렸다. 우리는 서로 바라보며 처음으로 크게 웃었다. 남자가 놀란 눈으로 엄지를 치켜들었다. 체격이 작아도 힘이 센 걸 보니 남자는 남자였다.

"큰일 날 뻔했네."

"그러게요. 이럴 줄 알고 핸드폰 안 가져갔나 봐요."

"금방 다녀올게. 혹시 먹고 싶은 거 있으면 사 올 테니 말해봐요."

"본인 먹고 싶은 거 있으면 사오세요. 해줄게요."

"골뱅이 좋아해요?"

"골뱅이는 맥주 안주에 딱인데……. 그럼 오이랑 깻잎이랑 파. 아, 그리고 소면도 사오세요. 맛있게 해드릴게요."

남자의 천진한 웃음을 보니 이 집에 들어와 처음으로 마음이 편안했다. 남자가 집을 나가다 말고 돌아서서 나를 바라봤다. 한참을 쳐다보다 정신이 든 듯 당황해했다.

"인물이 아깝네."

혼잣말처럼 그 말을 남기고 휭하니 나갔다.

"뭐시라?"

멋쩍어하며 나가는 남자에 나도 좀 놀랐지만, 별 의미를 두지 않기로 했다. 남자는 내가 궁금할 수도 있겠다. 내가 남자를 궁금해하듯이.

환자의 트림 소리, 그 소리는 환자의 살아 있음을 증명하는 소리임과 동시에 남자와 내가 함께 소통해야 할 시간의 전주곡 같았다. 환자가 남자와 나 사이의 벽을 거두어준 격이 됐다. 감사함을 느끼며 여자를 향한 내 쓸데없는 우려를 한쪽으로 미뤄놓았다. 그 우려와 함께 따라오던 나의 오래된 습관 '나는 왜 사나?' 하는 생각에서도 벗어나 보기로 했다.

하루 일이 수월하게 끝났다. 한 시간 만에 밥을 다 먹였다. 커피를 타고 있는데 초인종이 울렸다. 나가 보니 웬 할머니 한 분이 서 있다.

"누구세요?"

"어? 누구셔? 어디 갔나?"

안방으로 쑥 들어간 할머니가 환자한테 이 말 저 말 하더니 집 안을 제집처럼 왔다 갔다 했다. 할머니는 잔뜩 경계 태세를 갖춘 나를 위아래로 훑어보며 말했다.

"앉아요, 앉아."

할머니가 털썩 주저앉더니 담배를 꺼내 물었다.

"할머니, 담배는 주인분도 나가서 피우시던데요. 환자가 있어서요."

"아, 주인도 뭐라 안 하는데 일하는 아줌마가 별 참견을 다하네."

내 말에도 할머니는 아랑곳없이 담배에 불을 붙였다. 막무가내였다. 나이 먹었다고 제멋대로 행동하는 어른을 보면 화가 났다. 얼른 안방 문을 닫고 현관문을 열어젖히는데 남자가 들어서다 깜짝 놀란 표정을 지었다.

"할매 왔소?"

"이 아지매가 새로 온 아지맨가? 이번엔 오래 좀 붙어 있어야 할 텐데."

"아니, 담배는 집에서 피우고 오지. 여기서 피우면 안 된다니까."

"을매나 오래 살려고 지랄이여."

남자가 사온 반찬거리를 뒤적거리는 할머니 폼이 자연스러웠다. 남자가 비닐봉지를 뺏더니 내게 건넸다.

"어디 솜씨 한번 봅시다."

"제가 술안주 전문이라 좀 해요."

"술 먹을 줄 알아서 좋네. 오늘은 별일 없으면 천천히 가요. 같이 술친구 좀 합시다."

골뱅이무침을 만들어 상에 놓고 양념게장이며 남자가 사온 반찬들을 늘어놓자 작은 상이 꽉 찼다.

"진수성찬이네."

할머니가 뭔가 수상쩍은 눈으로 자꾸 나를 훑어보자 남자가 핀잔을 줬다.

"할매, 뭘 그렇게 꼬나봐요. 사람 처음 보나? 이 누이가 나보다 열 살이나 위여."

남자도 민망했던 모양이다.

남자와 할머니가 소주를 주거니 받거니 하는 동안 내가 맥주 한 컵을 마냥 홀짝거리자 남자가 자기 잔을 채우며 말했다.

"아, 좀 시원하게 마셔요."

할머니도 입을 삐죽대며 물었다.

"샤시는 어디 사셔?"

"샤시 아니고요. 저도 나이가 환갑인데 할망이죠. 성남 살아요."

"누가 성남 사는 거 몰라서 묻나?"

"제가 성남이 처음이라 어디가 어딘지 잘 몰라요."

"그전엔 어디 살았는데?"

"서울이요."

"할매, 밥 다 자셨으면 인자 가슈. 뭘 그렇게 자꾸 물어 싸."

남자는 이가 안 좋아 그런지 골뱅이도 없이 국수만 먹었다. 어쩌면 이 남자는 이야기가 고픈지도 몰랐다.

“오늘은 내 얘기 좀 들어줄래요?”

남자가 소주 한 잔을 입에 털어 넣더니 이야기를 시작했다.

“내가 저 여자를 만난 건 군대 있을 때였소. 휴가 나오면 딱히 갈 데가 없어 저 여자가 하는 술집에서 매일 술을 마셨지. 술집이래야 자리가 세 개밖에 없는 포장마차 비슷했어. 싸고 맛있고 서비스도 잘 주니까 주머니 가벼운 군바리 신세에 딱 맞았지. 마지막 휴가 나와서도 마찬가지였어. 귀대 전날, 술이 너무 취해서 곯아떨어졌나 봐. 배운 것도 없고 가진 것도 없고 제대는 가까워지는데 배움이 짧아 군에 말뚝 박는 것도 안 된다니, 젠장. 사실 군대도 빽 써서 간 거였거든. 군대도 학벌 없는 놈은 못 가. 휴가 끝나면 세상에 나와야 하는데 정말 오갈 데 없으니 진짜 막막하더라고. 그럴 줄 알았으면 군에서 운전이라도 배울걸. 글을 잘 모르니 사실 운전면허 필기시험도 겁나서 못하기는 했지만.”

“가족은요?”

“가족 같은 건 있어도 없는, 뭐 그런 거지. 어머니, 아버지 일찍 돌아가시고 형들도 결혼하니까 남이 되더라고. 형이나 조카들 보러 가면 밥 한 끼 먹고 나오기도 힘들지. 형수 눈치가 보이니까. 휴가 나온 날 형님네 갔다가 나 때문에 형수님과 싸우는 거 보고 그대로 집을 나왔지. 공원이고 어디고 돌아다니다가 저녁이면 술집에 출근했어."

부모님이 돌아가시면 형제들 만나기가 쉽지 않다. 옛날처럼 제사를 모시는 집도 점점 줄어들고, 핵가족 중심으로 변하다 보니 형제간 만남도 예전 같지 않은 건 사실이다. 친정 부모님이 안 계시면 친정에 갈 일이 없어지는 것처럼.

"취중에 저 여자한테 내 처지를 말했나 봐. 귀대하는 날, 나한테 갈 데 없음 자기한테 오라더군. 그렇게 인연이 됐어. 술집 옆에 겨우 누울 만한 방 하나를 얻어주더라고. 열 살이나 넘게 차이 나는 우린 남매처럼 지냈어. 내가 허드렛일도 하고 장도 보고 청소도 하고 그렇게 밥 얻어먹고 살았지. 여자 혼자 술집 운영하는 것도 힘들었겠더라고. 술집 해서 그럭저럭 둘이 먹고살 만큼 벌었어. 지금 저렇게 돼서 그렇지, 저 여자가 누이만큼 예뻤는데."

남자가 말하다 말고 안방으로 고개를 돌려 여자를 한참 쳐다봤다.

"저 여자 외박이 잦았는데, 가게로 돌아올 때면 꼭 삼겹살을 사 왔어. 어디 갔다 왔단 말도 안 했지만 나도 묻지 않았지. 저는 술만 마시고 나는 고기만 먹이더군. 좀 이상한 관계지? 하하. 가끔 저 여자 술이 억수로 취하면 길바닥에 누워 욕을 해댔어. 세상에 듣도 보도 못한 욕이 그렇게 많은 줄 처음 알았네. 나도 막 살아서 말이 고운 편은 아니지만. 저 여자는 욕을 노래처럼 잘해. 그게 참 슬프기도 하고 재미있기도 하고 어떤 땐 신나기도 해. 나도 세상에 대고 쌍욕을 하고 싶었으니까. 난들 이렇게 살고 싶었겠냐고. 부모 잘못 만난 죄지. 누이는 욕할 줄 모르겠네?"

"나도 가끔 욕해요. 화나면 아들한테 미친놈, 그러는데."

남자가 키득키득 웃었다.

"아름다울 미(美)에 친할 친(親), 사내놈 할 때 놈이니 그건 욕이 아닐 수도."

그렇게 말해놓고 나도 웃었다.

"그러다 어느 날 농담으로 합치자 했다가 뒤지게 얻어맞았지. 무슨 여자가 힘이 그렇게나 센지. 도망가다 잡히고, 맞고, 도망가고……. 정말 군대에서보다 더 많이 얻어터진 것 같아. 누이를 때릴 수도 없고. 그냥 맞았지. 그렇게 패고 나더니 기진해서 자더군. 가끔 미친 여자처럼 마셔대고 길로 뛰어드는 저 여자를 감당하는 게 내 일이었어. 이유도 없이 미쳐 날

뛸 때 보면 길들이지 않은 야생마 같았지. 그저 속에 화가 많은 모양인가 보다 했어. 그러다 보니 많이 다쳤어. 차에 뛰어들어 죽을 뻔도 여러 번이야. 열 손가락으로 세지도 못할 만큼. 아마 밥보다 술을 더 많이 먹었을걸. 그렇게 마시다 죽을 것 같아 말리면 그길로 찻길로 뛰쳐나가. 그날도 여느 날처럼 술을 이빠이 마시고 길거리로 뛰쳐나가 날뛰었지. 그러다 과속방지턱에 걸려 뒤로 자빠지면서 머리를 크게 다치고는 지금까지 저 상태여. 좋아지지도 나빠지지도 않고. 병원 생활 1년 하면서 몇 번 죽을 고비 넘기기는 했어도 명줄이 끊어지지 않더군. 죽고 싶을 만큼 살고 싶은 건가?"

뜬금없이 하하 웃더니 술을 연거푸 마신다.

"내 얘기 재미없지?"

"계속하기나 해요. 시작했으니 끝까지 해야죠."

"그래, 누이는 글쟁이니까 그럴 줄 알았어. 근데 오늘은 여기까지만."

금세 소주 두 병이 비었다. 누구나 자신의 살아온 이야기를 맑은 정신에 하기는 어렵다. 그래서 술의 힘을 빌리는지도 모르겠다. 남자는 급하게 먹은 술이 오르는지 방으로 엉금엉금 기어 들어갔다. 졸린 듯 어서 가라며 여자 침대 옆에 담요를 깔고 누웠다.

"누이, 미안혀."

남자는 곧 잠이 들 모양이었다.

집으로 돌아오며 마음이 복잡했다. 의리로 하기엔 너무 힘든 일을 그 남자는 몇 년째 하고 있다. 영화 같은 일이었다. 남자도 하는 그 일을 나도 열심히 해보아야겠다고 뜬금없이 결심했다.

주말에 쉬어 몸이 많이 가벼웠다. 밥 얻어먹은 값으로 시장에 들러 전복 열 마리를 샀다. 양식 전복이라 그리 비싸지 않았다. 남자는 주말 동안 혼자 여자를 돌보느라 축 처져 있었다. 볼이 쑥 꺼졌다. 그래도 나를 보더니 맥없이 웃었다. 나는 전복을 손질해 미역국을 끓였다.

"이 비싼 걸 어쩌자구?"

"내가 얻어먹은 게 얼만데요? 귀자 씨가 좋아하려나?"

반은 손질해 냉동실에 넣고 나머지 반은 미역국을 끓였다.

"오늘은 밥 먹고 나가요."

"아녀, 아녀. 난 아침 안 먹응게 됬다 저이 한 번 더 먹이자구. 오늘은 비싼 전복 사왔으니 내가 먹일게."

답답해하던 남자는 오전에 환자 밥 먹이고 시장도 돌아

보고 사람 구경도 하겠다고 했다. 이틀 동안 힘에 부쳤는지 기운이 없어 보였다. 여자는 유난히 쩝쩝 소리를 내며 남자가 주는 미역국을 받아먹었다. 남자는 한 시간이 채 지나기 전에 밥을 먹였다. 잠깐 밖에 나갔다 온다더니 오징어를 사왔다. 나는 오징어를 맵게 볶아놓고 안방에 상을 차렸다. 환자 침대 옆에 남자와 마주 앉았다. 여자를 쳐다보니 왠지 마음이 찡했다. 여자가 멀쩡해진다면, 셋이 상에 둘러앉아 이런 자리를 가지면 얼마나 좋을까. 문득 그런 생각이 들었다.

"오늘 아주 맛있게 먹었구먼. 고맙소. 다음에 전복 사오면 내가 돈 주리다."

"귀자 씨 여기 앉아 같이 먹자."

쓸데없는 소리를 해놓고 눈물이 핑 돌았다.

"허! 누이, 그렇게만 되면 오죽 좋겠소. 그러면 내가 누이 업고 성남 한 바퀴 돌겠네."

나를 업고 뛰기라도 할 듯 남자가 신이 났다. 흥분이 가라앉자 슬그머니 손바닥으로 눈가를 쓸더니 소주를 따라 마시고는 내 잔을 채웠다.

"오늘은 술 안 마시면 좋겠는데요. 몸도 안 좋아 보이고."

"이걸 마셔야 기운이 나서 또 살지."

"이러다 나 잡혀가겠네. 일하러 와서 맨날 술만 마시다 가니, 이게 뭔 일이래요?"

"누가 잡아가? 그러면 내가 가만두지 않을 겨."

"오늘까지만. 내일부터는 금주! 그 대신 오늘 이야기 끝까지 해줄 것!"

남자가 남은 이야기를 시작했다.

"아, 어디까지 했더라."

"병원에 입원했다고."

"맞아. 의식불명이라 쉬이 갈 줄 알았는데 입원 기간이 길어지더라고. 저이는 의식만 없지 먹는 건 또 잘 먹었거든. 처음엔 가게랑 방이랑 처분해서 병원비를 댔는데 나중이 되니까 감당이 안 되더라고. 더는 병원비를 못 내자 병원에서 법적 보호자를 찾더군. 난 주민등록상으로 저 여자와 아무 관계가 아니니까. 무조건 경찰서에 갔어. 여자의 가족을 찾아달라고 매일 졸랐지. 경찰서에서 욕도 많이 먹고 쫓겨나기도 했어. 겁이 났지. 저 여자 가면 세상에 나 혼자 남는 건데, 저 여자 저리 된 것도 다 내 탓 같고. 미치겠더라고. 경찰이 나서서 찾으니 저이한테 딸이 둘 있더라. 한 번도 아이가 있다는 소리를 들은 적 없었는데. 어찌어찌 어렵게 찾은 딸들이 엄마를 모른다는 거야. 자기 엄마는 따로 있다는 거지. 기가 막힐 일이 있나. 애들 아주 어릴 적에 이혼한 모양이더라고. 그래도 그렇지, 생모가 그 지경인데 엄마 보러 한 번도 안 오데. 그러고는 연락처를 싹 바꿨어. 사람이 참 무서운 동물이야. 그때는 아무리 그래도 자기를 낳아준 엄마를 몰라라 한다고 쌍욕을 했는데, 지금 생각하니 그럴 수밖에 없었겠다 싶어. 기억에도 없는 엄마가 그 모양이 돼서 나타났으니. 어려서 헤어져 정인들 있겠어? 그때 정신이 번쩍 들더라고. 당장 정신도 없고 몸도 못 움직이는 저 여자를 끌고 어쩌나? 잠깐이었지만, 도망가고 싶었지. 나도 별로 좋은 놈은 아니야. 비열한 놈이지. 그런데 빈털터리인 나를 받아줘 10년을 저이한테 붙어살았는데, 양심상 그럴 수는 없더라고. 경찰서로 주민센터로 무턱대고 찾아다니며 빌었지. 생목숨 죽일 수는 없다고. 여자의 자식들이 여자를 돌보지 않자 주민센터에서 기초생활수급자로 만들어주더군. 빈집 고쳐 이 집도 주고 생활비도 나오고 전기세, 수도세도 할인받고 병원비도 나라에서 부담해줬어. 너무나 감사한 일이야. 그때부터 나는 세상 원망 안 해. 그저 감사히 살아. 우리나라 용 됐어. 암, 용 됐지. 옛날이면 이 여자는 벌써 황천길 가고 나도 노숙자나 됐으려나? 지금은 의식이 없지만 어쩌면 기적적으로 의식이 돌아오는 경우도 있다고, 병원에서 그러더라고. 밥줄로 연명을 하면 합병증이 올 확률이 많다 하대? 밥 먹이는 일이 쉽진 않지만 환자에게는 그 방법이 좋다고. 입으로 직접 먹이는 것이 줄로 먹이는 것보다 오래 산다는데 어떻게 코에 줄을 끼겠어. 불쌍하게 산 인생, 마지막 가는 길 나라도 지켜주고 싶어. 하는 데까지 해보려고. 살면서 내가 누구를 위해 한 게 아무것도 없어. 이게 처음이자 마지막이라고."

"혹시 짝사랑?"

"처음엔 그랬지. 예쁘고 정 많고 음식 솜씨도 끝내줬거든. 욕은 잘하지만, 저 여자 참 징글맞게 정이 많아."

남자가 여자를 바라보는 눈빛에 잔잔한 평화로움이 가득 찼다. 편안하고 그윽하고 아낌없이 묻어나는 애정의 몸짓이었다. 과거로 돌아가는 남자를 두고 집을 나서며 찐한 러브스토리 영화 한 편 본 듯 마음이 따뜻해졌다. 사랑, 그 이상인 남자의 마음과 또 여자의 마음. 그 마음을 뭐라고 불러야 할까. 나도 모르겠지만, 봄날 양지바른 묘지 위 햇살처럼 처연한 따사로움으로 내 마음이 다 포근했다.

아침부터 옆구리가 칼로 저민 듯 날카롭게 아팠다. 출근길에 진통제를 사서 먹었다. 식사 준비를 해 밥을 먹이는데 옆구리 통증이 점점 매서워졌다. 진통제도 듣지 않았다. 일반적인 허리 통증과는 뭔지 모르게 달랐다. 식사를 끝내고 수건을 빨아 널었다. 화장실에 앉아 허리를 두드리는데 허리와 척추가 면도칼에 베이는 듯한 통증에 나도 모르게 비명을 질렀다. 진통제를 두 알 꺼내 먹고 수건으로 얼굴이며 손발을 닦는데 남자가 일찍 돌아왔다. 오늘 목욕하는 날이라며 수건이며 대야를 준비했다. 그동안 젖은 수건으로 몸을 닦아주기만 해서 남자와 함께 목욕을 시켜야 한다는 생각을 미처 못한 나는 당황했다.

"내가 할게요. 나가 있어요."

"앉히지도 못해 등도 못 두드렸으면서."

맞았다. 어쩔 줄 모르고 서성거리는 나와는 달리 남자는 능숙하게 옷을 벗기고 젖은 수건으로 몸을 구석구석 닦았다. 민망해서 쳐다볼 수도 안 볼 수도 없는 나는 어지러운 시선으로 애먼 수건만 자꾸 빨았다. 애매한 웃음을 짓던 남자가 갑자기 소리를 빽 질렀다.

"뭐해요? 나 혼자 힘들어 죽겠네. 와서 좀 잡아요."

아무리 환자라도 벗은 여자를 남자와 나 사이에 두고 있자니 민망해서 눈을 마주치기가 힘들었다. 허둥대며 어쩔 줄 몰라 하는 내가 남자는 우스운 모양이었다.

“참나, 어쩌자고 이런 일을 한다고 나섰대요?”

내가 뭘 했는지 기억나지 않는다. 오한이 나며 입이 마르고 열이 오르기 시작했다. 목욕을 끝내고 뒷정리를 하자마자 양해를 구하고 집으로 돌아왔다. 심한 통증을 견디다 못해 119를 불렀다. 깨어보니 응급실이었다. 대상포진이었다. 센터에 전화를 걸어 상황을 알리고 빨리 사람을 구해달라고 했다. 어느새 수포가 허리를 뺑 둘렀다. 척추에 주사를 맞는데 죽을 것같이 아팠다. 그동안 남자에게서 두 번 전화가 왔다.

일주일 만에 퇴원하고 일을 그만두기 위해 출근했다. 센터에 연락하니 사람을 보내도 수급자 측에서 자꾸 거절한다고 했다. 직접 만나 이야기해야 했다. 남자는 두 사람이나 왔지만 다 돌려보냈다며 자랑스럽게 생색냈다. 나를 기다리느라 혼자 고생했을 생각에 미안해져 차마 입이 떨어지지 않았다. 하지만 일을 계속하는 건 무리였다.

“미안해요. 못할 것 같아요.”

“아직 몸이 회복이 안 된 거요? 몸이 그렇게 약해서 어디다 쓴대? 그럼 당분간 다른 쌤 부르고 기다릴 테니 몸 좋아지면 다시 와요.”

"그게 아니고요. 병원에서 몸 쓰는 일은 위험하니 앞으로 하지 말래요."

실망 가득한 남자 얼굴 보기가 민망했다. 그새 정들었나 보았다. 남자가 담배를 들고 나갔다. 여자의 손을 잡고 생각에 잠겼다. 그동안 오지랖 떤 미안함이 가슴 가득 밀려왔다. 진심으로 그가 걱정됐다. 여자에게 나오는 수급비로는 생활이 어려워 본인은 아파도 병원에 가지 못하고 있으니 남자의 몸은 점점 망가지고 있었다. 처지는 바닥이었으나 안타깝게도 그는 기초생활보장을 받을 만한 조건은 되지 못했다. 여자는 어차피 회복이 어려웠다. 나이 하나라도 덜 먹었을 때 남자가 자신의 앞날을 생각해야 하지 않을까. 환자 다루는 솜씨는 남자가 나보다 훨씬 나았다. 교육을 받고 장애인활동지원사로 일하면 먹고살기에는 지장이 없을 텐데. 여자 돌보는 비용을 받으려면 우선 교육부터 받아야 했다. 그러나 남자는 완고했다. 활동지원사로 여자를 돌보면서 임금을 받는 것이 내키지 않는 모양이었다.

"저이 두고 못 나가. 저이 저세상 가면 그때 생각해볼게."

세상에 대한 두려움이 남자의 발목을 잡는 건 아닐까.

"두 달 교육 받고 일주일 실습하면 자격증 나와요. 시험

보는 것도 아니고 실습은 집에서 하셔도 될 거고. 두 달 동안 내가 시간 채워줄게요."

"벌어먹어야 한다며 누이는 일 못해서 어쩌누?"

딴소리하며 남자는 오히려 나를 걱정했다.

"산 입에 거미줄 치겠어요. 누가 누굴 걱정한대?"

남자는 자주 놀러 오라고 했다. 하지만 나도 벌어먹느라 아직 한 번도 그 집에 가지 못했다. 그렇게 세월은 벌써 3년이 흘렀는데…….

버스에서 그렇게 헤어지고 나니 여자가 궁금해졌다. 잘 살고 있는지, 그동안 하늘다리 건넌 건 아닌지. 남자에게 전화를 걸었다. 받지 않았다. 돌봄 중이려나 싶어 카톡을 보냈다. '귀자 씨는 잘 있어요?' 사진이 왔다. 침대에 누워 있는 여자는 예전 그 모습 그대로였다. 사진 속 여자와 눈이 마주쳤다. 무연하게 쳐다보는 갈색 눈동자. 사랑도 미움도 슬픔도 기쁨도 즐거움도 괴로움도 없는 맑은 눈. 여자는 여전해 보였다.

남자의 사진은 알아보기 힘들었다. 늙었다기보다 쪼그라들어 보였다. 그새 머리가 하얗게 셌고 몸은 더 마른 듯했다. 활동지원사가 오는 하루 네 시간 빼고 스무 시간을 환자에게 매달렸을 남자. 남자는 여자를 돌보는 일로 자신의 생을 미루고 있는 걸까? '여자 먼저 보내고 따라가면 그만'이라던 그의 말이 자꾸 떠오른다. 한번 찾아가야겠다 생각하다가도 그게 그들에게 무슨 도움이 되려나 싶었다.

이들을 보며 돌봄의 정의가 무엇인지 생각하게 되었다. 죽을 만큼 힘들어도 여자에게 손을 떼지 못하는 남자. 하마터면 거리의 부랑아가 됐을 남자를 아무 조건 없이 곁에 둔 여자. 남자가 여자를 돌보는 건지 여자가 남자를 돌보는 건지 모르겠지만, 보도블록 사이에 핀 민들레꽃처럼 그들의 돌봄은 여전히 진행 중이었다.

영상통화를 걸었다. 남자는 보고 싶다며 자꾸만 오라고 손짓했다. 코로나 상황에서도 잘 살고 있는 그들이 참으로 대단했다. 곧 전복을 사 들고 그들을 만나러 가려 한다, 사랑을 배우러. 누군가를 조건 없이 돌보며 산다는 건, 얼마나 대단한 일인가.

나가는 글

제 꿈으로 놀러 오세요

하늘에 계신 어머니께

어머니, 저 막둥이 순자예요. 그곳에서 평안하신지요?

내일이 추석이라 그런지 어머니 생각이 많이 납니다.

그래서일까요? 어젯밤 꿈에 어머니를 뵈었어요.

어린 제 손을 잡고 시골길을 걸어가시다 엄지만 한 가지 하나 따 주셨는데 혀가 아리지도 않고 달콤했어요. 이에 뽀드득거리는 감촉이 참 좋았죠. 가지꽃에 한눈팔다 어머니를 놓치고 저만치 구름 따라 떠가는 보랏빛 치맛자락을 멀거니 쳐다보다 잠이 깼어요.

어머니 처음 아프시던 날, 어금니가 몽땅 빠지는 꿈이 불길하여 오빠에게 전화를 했잖아요. 어머니가 일주일째 아무것도 잡숫지 않고 눈도 뜨지 않으신다는 소식을 듣고 언니들과 함께 한달음에 달려갔지요. 귀찮다는 듯 미동도 하지 않으시는 어머니 앞에서 쉰이 넘은 세 딸은 노래 부르고, 춤추고, 냄비 뚜껑에 숟가락을 치며 꽹과리 소리를 내고 난리를 쳤지요. 어머니는 꼼짝도 하지 않으시더니 …… 기억나세요? 딸들이 아버지가 가르쳐주신 애창곡 〈사발가〉를 열창했을 때요. '석탄 백탄 타는데'를 일부러 틀리게 부르자 고개를 옆으로 돌리면서 피식 웃으셨잖아요.

탈수와 십이지장궤양이라는 병명으로 입원해 독한 약을 한 줌씩 드셔야 했던 어머니. 거식증을 앓는 어머니께 한 수저라도 더 드시게 하려고 환갑 지난 오라비들은 옛 노래를 부르고, 딸들은 숟가락 들고 춤추며 번갈아 식사를 거들었죠. 어머니 죽 한 술이라도 더 드시게 하려고 그 해괴한 공연을 꾸리는 머리 허연 자식들을 보고 다른 입원환자들은 어머니를 '복 받으신 분'이라며 부러워하셨죠. 의사나 간호사가 오면 어머니가 가재눈으로 째려보시며 가끔 욕도 하시고, 포도당 주삿바늘을 빼려고 하셔서 침상에 손을 묶기도 해 죄송했어요. 하지만 어쩔 수 없었어요.

퇴원 후에도 독한 약을 먹어야 했고 섭생이 부실해 어머니 몸무게가 35킬로그램을 밑돌았죠. 올케도 많이 지쳤고 섭생이 우선이라는 생각에 오라버니 출근한 틈을 타 어머니를 언니의 빈 아파트로 모셔왔어요. 집안 살림은 애들한테 맡기고 둘씩 짝을 지어 한 사람은 수발들고 한 사람은 어머니 잡수실 음식의 영양가 따져가며 요리했죠. 그때 정말 행복했어요. 큰언니는 많은 아이들의 부모가 되어주느라고, 작은언니와 저는 종갓집으로 시집가 맏며느리로 살림하느라 각자 바빴잖아요. 그동안 어머니와 한가하게 대화 한번 제대로 나누지 못했는데 …… 딸들 가슴에 한 맺힐까 봐 그렇게 기회를 주신 건가요? 어머니와 함께한 시간은 그때가 마지막이었지요. 저희는 그 시간을 어머니가 딸들에게 마지막으로 주고 가신 귀한 선물로 기억하고 있답니다.

살이 빠져서 일어난 각질을 제거한다고 어머니를 홀랑 벗겨놓고 온몸에 각질제를 문지른 일도 있었죠. 그 때문에 피부 트러블이 생겨 한 달을 고생하셨잖아요. 관절염으로 인한 무릎 통증을 줄여드린다고 병원 침대를 구입했는데, 침대에 익숙하지 않은 어머니가 낙상해 이마에 피가 나기도 했죠. 기저귀 갈기를 거부하는 어머니를 말리려 손등을 때리자 "왜 때려! 왜 때려!" 하셨죠. 어머니를 잘 모시려다 일어난 일이라지만, 정말 너무 죄송했어요.

그래도 그 두 달 동안 체중이 5킬로그램이나 늘자 저희는 될 듯이 기뻤답니다. 복사꽃처럼 볼이 발그레해지신 어머니 얼굴이 얼마나 예쁘던지. 제가 자꾸 만지니까 성질을 내셨죠. 어머니가 화장실을 혼자 가신 그날, 저희 세 자매는 손을 맞잡고 울면서 웃었어요. 치매기가 가시고 잠깐 정신이 드시면 미안하다며 집에 가야 한다고 "여기가 어디야?" 하셨죠. 화장실 혼자 다니실 만하니 오라버니가 어머니를 모셔갔지요. 그때 마음이 참 이상했어요. 자식 키워 아주 먼 길 떠나보내는 슬프고 애달픈 부모의 마음이랄까요.

8개월 후, 어머니가 응급실로 실려 가셨다는 소식을 듣고 황급히 병원에 갔죠. 어머니는 계속 피를 토하고 계시다는데 면회조차 시켜주지 않고 수술에 동의하는지 묻는 의사 말에 앞이 아득했어요. 여든다섯이라는 어머니 연세와 다시 36킬로그램이 된 허약한 몸으로는 생존율이 5퍼센트라더군요. 결국 수술을 하지 않기로 결정했어요. 응급실에서 마주한 어머니의 모습은 정말 처참하기 이를 데 없었습니다. 피가 얼굴과 옷, 병상 시트를 적신 것은 물론이고 바닥도 흥건했어요. 입, 코, 옆구리에는 주렁주렁 호스가 달려 있었지요. 어머니, 얼마나 힘드셨어요! 계속 피를 토하니 호흡기로 들어오는 산소에도 사레가 들려 고통스러워하는 모습을 차마 뵙기 힘들었습니다.

토혈의 양이 수혈한 피의 양을 웃돌았으나, 의사는 피를 토하는 원인을 알 수 없다고 했지요. 그 말에 저는 담당 의사에게 수혈을 중지하고 산소호흡기를 제거해달라고 요청했습니다. 조금이나마 고통의 시간을 줄여드리려고요. 형제들은 잠시 망설였지만, 평소 어머니 생각하는 마음이 남다른 막내의 뜻을 받아들였어요. 담당 의사는 윗분한테 전화하더니 곧바로 산소호흡기를 제거하더군요. 아들딸들과 차례로 마지막 인사를 나누고 어머니는 쉬이 이승을 떠나셨습니다.

어머니, 죄송합니다. 제가 어머니 빨리 가시게 하는 불효를 자청했습니다. 호스피스 활동을 하며 많이 보아온 말기 암 환우의 마지막 모습과 그 가족들의 안타까운 선택의 순간들이 그날 어머니의 병실 장면에 오버랩되어 내린 결정이었어요. 그때도, 지금도 잘못된 판단은 아니라고 생각하지만요.

어머니 가시고 한 달쯤 되게 아팠어요. 언니들과 아이들이 입원을 권유했지만 저는 견뎌내야 했어요. 어머니 건너가신 후 이승과 저승의 경계선에 서서 갈등하던 제 마음을 잘라내야 했으니까요. 참 힘들었어요, 거기 그렇게 선 채 돌아올 줄 모르는 제 마음이…….

오늘은 제 손을 내밀어 그 선을 넘고 싶습니다, 어머니를 뵈러 갈 수만 있다면요.

유난히 보라색을 좋아하시던 우리 어머니. 저 구름 좀 보세요. 어머니 만나는 꿈을 꾼 날에는 꼭 이렇게 보랏빛 구름이 몰려와요. 구름 사이로 보라색 꽃들이 뭉게뭉게 피어나네요.

벌써 새벽 4시 36분이에요.

오늘도 보랏빛 구름 타고 제 꿈으로 놀러 오세요.

추천사

윤성희 소설가

이다혜 《씨네21》 기자

박연준 시인

음악가 오지은

이 책을 읽고
나는 매일 다른 할머니가 되었다

윤성희 소설가

"니 나 죽을 때까지 여그 살어라, 살어라, 살어라, 알았제?"

이 책을 읽은 후 나는 이 목소리가 환청처럼 들린다. 매일 다른 목소리로. 이상한 일이다. 오래전부터 내 꿈은 좋은 할머니가 되는 거였다. 좋은 할머니라니! 사실 나는 어떻게 해야 '좋은' 할머니가 되는지 전혀 모른다. 몰라서 나는 그저 '좋은'이라는 단어가 품고 있는 막연함과 아득함을 가만히 들여다보곤 한다. 그러면 그 시간만이라도 좋은 사람으로 늙어가는 것만 같은 착각에 빠지곤 하니까. "살어라, 살어라, 살어라"라고 말하는 할머니가 며칠 동안 내 안에 살았다. 그 할머니는 내가 되고 싶은 수많은 할머니로 나타났다. 어느 날은 화투점을 치고 난 다음 "오늘은 님이 오겠네" 하고 중얼거리는 할머니였다. 어느 날은 산책하다 길가에 쪼그려 앉아서 "제비꽃이 피었네" 하고 중얼거리는 할머니였다. 어느 날은 벤치에 앉아 동네 아이들이 축구를 하는 것을 하염없이 구경하는 할머니였다. 어느 날은 깨꽃을 꺾어다가 튀김을 해서 동네 친구들과 나눠 먹는 할머니였다. 어느 날은 …… 어느 날은 …… 그렇게 나는 매일 다른 할머니가 된다. 그리고 매일 다른 목소리로 허공에 대고 말을 한다. "고순 냄새 풍기고 가삐리드니, 이제 여그 다 잊은 거가?" 누구에게 그 말을 하는지 나도 모르겠다. 어쩌면 한 번도 만난 적이 없는 이 책의 작가에게 그 말을 하고 싶은 건지 모르겠다. 이렇게 고순 냄새 풍기고 가삐리면 어떻게 하냐고.

봄에 이 책을 읽어서 다행이다. 은행나무에 손톱만 한 잎이 돋아나는 걸 보면 나는 이상하게 웃음이 난다. 그 순간만큼은 단순해진다. 이 단순한 마음은 일 년에 몇 번 찾아오지 않는다. 그런 계절에 이 책을 읽어서 참 다행이다. 이 책은 빈 그릇이다. 수십 년 동안 수많은 음식이 담겼다가 비워졌다가를 반복한 그런 빈 그릇. 자세히 보면 귀퉁이에 살짝 금이 나 있을지도 모르겠다. 그 빈 그릇을 가만히 들여다보면 그 안에 수십 명의 사람들의 이야기가 와글와글 들어 있다. 그렇지만 빈 그릇은 원래 빈 그릇인 양 가만히 있다. 가만히 듣는다. 그러다 천진한 목소리로, 다정한 목소리로, 이렇게 말한다. "그랬군요, 그랬군요. 이 책을 읽다 그랬군요, 괜찮아요" 하고 토닥이는 목소리를 듣는 날이면, 나는 꿈속에서 먼 훗날의 나를 만날 것이다. 느릿느릿 걷고, 천천히 생각하는, 나이 든 나 자신을. 삶의 아름다움에 여전히 깜짝깜짝 놀라는 호기심 많은 할머니를.

한없이 담백하고 명료한 삶에서 끌어올린 진실한 이야기

이다혜 《씨네21》 기자

《예순 살, 나는 또 깨꽃이 되어》는 순해지는 법을 잊어버린 수필가의 산문집이다. 나는 이순자 작가의 글을 '실버 취준생 분투기'를 읽으며 처음 접하게 되었다. 그리고 내가 권할 수 있는 거의 모든 사람에게 글 읽기를 권했다. 그 이유가 무엇이었는지를, 책에 실린 산문 속 문장 "예순이 넘으면 순해져야 하는데, 나는 그 반대였다"를 읽고 알게 되었다.

이순자 작가는 공부를 했고, 다른 사람을 돕고 그들로부터 도움을 받았으며, 글을 읽고 쓰는 동시에 취직하려고 노력했고, 새로 얻는 일자리에 관련해 꾸준히 기록을 남겼다. 이 모든 일은 청년만 하는 게 아니라, 사회인이라면 누구나 하는 것이다. 죽을 때까지 하는 일이다. 돈을 벌려면 직업이 필요하지만, 또한 사회 구성원으로서 역할을 인정받고 자신의 자리를 만들려고 우리는 일을 찾아다닌다. 그래서 우리가 환갑을 넘기고도 취준생일 수 있음을, 생존만이 아니라 꿈을 위해 일할 수 있음을 이순자 작가의 글에서 새삼스럽게 배웠다. 그가 쓰는 문장은 오로지 경험을 바탕으로 하는 사유에 의지하는 터라, 한없이 담백하고 명료하다. 당신이 책을 읽다 눈물짓는다면 그건 당신이 아는 또 다른 어떤 삶 때문일지도 모른다. 이순자 작가는 때로 수많은 이들의 목소리를 대표해 쓴다. 이순자 작가가 글로 옮긴 삶의 몇 국면이 내가 외할머니, 어머니의 삶을 통해 익히 알던 것과 닮아 있었다. 감히 묻기 어렵다는 핑계로 알려고 하지 않았던 순간들을, 나는 '실버 취준생 분투기'를 통해 알게 되었다.

"고통을 겪는 사람에게는 쓸데없는 위로의 말보다는 침묵하며 같이 아파해주는 것이 필요했다." 호스피스 병동에서 일한 경험을 두고 쓴 이 문장은, 이 책을 읽을 독자들을 위한 것으로 읽힌다. 우리는 기꺼이 경청함으로써 아픔을 나누고 침묵의 대화를 할 수 있으리라. 감사한 마음으로 읽었다.

‘매일 새롭게 어려운’ 노년의 일상

박연준 시인

‘무언가를 시작하는 나이 든 자의 목소리’는 너무 작아서, 귀 기울여 듣지 않으면 없는 소리가 되기 쉽다. 사회는 그들의 어려움을 ‘고충’이란 두 글자에 욱여넣고 뒷짐을 지고 있다. 우리는 왜 20대, 30대, 40대가 다르다며 젊음을 층층이 구별해 부르면서, 노년을 맞이한 사람들은 ‘노인’이라 뭉뚱그려 부를까? 이 뭉뚱그림 속엔 사회의 비겁함, 부당함, 무능함이 들어 있는 게 아닐까. 부와 권력을 가진 사람, 빛나는 사람, 업적을 이룬 사람, 전문능력을 지닌 사람, 젊은 사람, 재능을 가진 사람, 유행을 선도하는 사람의 목소리는 마이크를 통해 세상에 알려진다. 그러나 우리가 정말 귀 기울여 들어야 하는 건 어리거나 나이 든 자, 상대적 약자, 소수자, 실패한 뒤 일어서는 중인 자의 작은 목소리다.

이순자 선생은 삶의 달고 쓴 맛을 고루 아는 사람, 이제 막 노년에 접어든 사람, 이제 막 작가가 된 사람, 작가가 되자마자 세상을 떠난 사람이다. 선생은 늦은 나이에 문예 창작을 전공하고, 작은 방에서 다리미판 위에 랩톱컴퓨터를 올려놓고 글을 썼다고 한다. 그래서일까? 그의 글은 다림질한 듯 반듯하고 온기를 품고 있다. 정직하고 성실한 문장을 쓴다. 젠체하는 법 없이 빛난다. 그는 이 책을 통해 '가능성'과 '도전'이 젊은 사람에게만 속한 단어가 아님을, 세상엔 더 다양한 이야기가 필요함을 증명했다.

이 책에는 도전하고, 부딪치고, 실패하고, 좌절하고, 다시 일어서는 이순자 선생의 '매일 새롭게 어려운' 노년의 일상이 담겨 있다. 살면서 겪은 크고 작은 일들이 '고통'에서 "사랑의 원동력"으로 바뀌기까지의 시간, 약자를 향한 지극한 마음, 처음부터 다시 시작하는 자의 겸손한 노력, 배우는 즐거움, 돌보는 자의 정성이 담겨 있다. "이제 시작이다. 정진하리라, 죽는 날까지." 글쓰기를 향한 이 다짐이 안타까운 건 정갈한 그의 글을 더는 읽을 수 없기 때문이다. 그의 삶이 정진과 노력이었다면 이 글은 노력 끝에 맺은 결실일 것이다.

엄마는 어떻게
그 큰 우주를 안고 살았어요?

음악가 오지은

1988년, 초등학교 1학년 때 표준어 규정이 개정되었다. 그 전까지 '-읍니다'와 '-습니다'는 혼용되었지만 개정 이후 '-습니다'만이 맞는 맞춤법이 되었다. 큰 변화이니 여기저기서 강조를 했고, 한글을 막 배우기 시작한 나는 그게 재미있었나 보다. 엄마는 앨범을 만들 때 사진만 넣지 않고 전부 설명을 달아두었다. 얼마나 아름다운 문장들이었을까. 지금 나는 그렇게 생각하지만, 여덟 살의 나는 엄마가 적어둔 문장에서 옛날 맞춤법을 보고 깔깔 웃었다. 그 순간 엄마는 나의 뺨을 찰싹 때렸다. 어린 나이였지만 내가 엄마의 무언가를 건드렸다는 것은 알았다. 다시는 엄마에게 맞춤법 이야기를 하지 않았다.

엄마는 좋은 고등학교를 나왔다. 동네에서 그 집 공부 잘하는 둘째 딸로 유명했다. 하지만 엄마는 대학에 가지 않고 취업을 했다. 오빠들의 대학 학비를 벌어야 했기 때문이다. 그게 엄마의 마음에 어떻게 맺혔는지는 잘 모른다. 엄마는 그런 얘기를 하는 사람이 아니었다. 엄마가 스리피스 정장을 갖춰 입고 국립중앙박물관에서 열리는 문화재 수업을 들으러 가던 모습이 가끔 떠오른다. 정말 멋있었는데. 엄마는 배움을 장식으로 쓰지 않았다. 항상 진지했고, 순수하게 즐거워했고, 귀하게 여겼다.

스무 살의 어느 날, 비디오 가게에 가서 왕가위 감독의 〈화양연화〉를 빌렸다. "엄마 같이 볼래?" 아름다웠지만 솔직히 공감이 가지 않아 막판엔 잠이 들었다. 엄마는 혼자 영화를 끝까지 봤다. 그리고 불쑥 말하곤 했다. "근데 〈화양연화〉 정말 멋있지 않더나?" 나는 엄마가 왕가위의 영화를 재미있게 봤다는 것이 조금 신기했다. 엄마는 일일 드라마만 재미있게 보는 줄 알았다. 엄마는 엄마니까. 나는 어떻게 그렇게 오만했을까.

이순자 작가의 인생, 세상을 바라보는 시선, 감히 짐작도 할 수 없는 사랑의 온도를 글로 느끼다보면 나 같은 게 무슨 글을 쓰고 앉았나 하는 생각이 든다. 순자 엄마, 정숙이 엄마, 엄마들이 만났던 인생의 파도에 비하면 나는 물장구를 치고 있는 정도인데요. 엄마. 내면에 그렇게 큰 우주를 가지고 어떻게 참고 살았어요. 엄마. 엄마.

예순 살, 나는 또 깨꽃이 되어

1판 1쇄 발행일 2022년 5월 9일

지은이 이순자

발행인 김학원
발행처 (주)휴머니스트출판그룹
출판등록 제313-2007-000007호(2007년 1월 5일)
주소 (03991) 서울시 마포구 동교로23길 76(연남동)
전화 02-335-4422 **팩스** 02-334-3427
저자·독자 서비스 humanist@humanistbooks.com
홈페이지 www.humanistbooks.com
유튜브 youtube.com/user/humanistma **포스트** post.naver.com/hmcv
페이스북 facebook.com/hmcv2001 **인스타그램** @humanist_insta

편집주간 황서현 **기획** 이문경 **편집** 임미영 **디자인** 유주현 **일러스트** 정다은
조판 이희수 com. **용지** 화인페이퍼 **인쇄·제본** 정민문화사

ISBN 979-11-6080-847-6 04810